ネグレ
された
重度知
自閉症の息子と
世界一明るい
家庭を築くまで

2歳半のみっちゃんがくれたもの

KADOKAWA

はじめに

はじめまして！　YouTubeチャンネル「Hikari Kizuna TV」で動画をお届けしています、みっちゃんとこっちゃんのママです。

「Hikari Kizuna TV」では、重度知的障害を伴う自閉症の息子みっちゃんと家族の赤裸々な生活をお送りしています。

3歳で自閉症と診断を受けた息子、みっちゃん（中3）。

2022年に受けた4回目の発達検査では〝2歳半程度〟の精神発達年齢で、IQは19、重度知的障害と診断されています。お喋りが大好きで、いつもニコニコ笑顔のみっちゃんは、我が家のムードメーカーです。

我が家の家族は、その他に3人。

いつもマイペースで穏やかなパパ（夫）は、我が家のオアシス的な存在。そばにいてくれるだけで、皆が安心します。

娘のこっちゃん（小6）は美容に目覚めた今どき女子。かわいい娘であると同時に、かけがえのない親友であり、ときにはぶつかり合ったりと姉妹のような存在です。

そして私、ママです。子どもたちを産んだのち児童発達支援施設で6年間働き、30代後半で保育士資格を取得しました。

実は私は、生まれたときからいわゆる「ネグレクト」の環境で育ちました。家庭円満からはほど遠い家で、何とか成人したものの心は常にボロボロに乾ききっていました。

親に愛された経験も大事にされた経験もなかったため、**自己肯定感が異常に低く、小学生の頃から「いつ死んでもいい」と思っていました。**

でも、パパと出会って、その後、みっちゃんを妊娠。子どもができて、私は初めて「死ぬのが怖い」と思うようになりました。

そして苦しい過去があったからこそ、私は自分の家族を大切にしよう、世界一明るい家庭をつくりたいと思ったのです。

息子が3歳のとき「喋れないかも」と医師から告げられる

首の据わりが早く、生後5ヶ月で一人座りをしたみっちゃん。成長が早いと喜んでいたのも束の間。**発達の遅れを指摘されたのは、保育園に入ってすぐでした。**保育園生活で年齢に応じたことがみっちゃんにはできません、と保育士さんから毎日報告され、園長先生からも発達検査を受けた方がいいと言われて。

3歳の時に発達検査をすると、担当医師は私にこんな言葉を投げかけました。

「この子は一生喋れないかもしれないよ」

それを聞いた瞬間、明るかった世界は一気に真っ暗になり、私の人生には普通の幸せも許されていないんだと感じて、心が折れそうになりました。そのままだったら、私も親と同じように育児を放棄していたかもしれません。

でも、その息子を取り巻くたくさんの出会いとたくさんの人の支えがあったからこそ、毎日、泣いたり、怒ったり、笑ったり、大騒ぎしながら、それでも楽しくやってこられたのだと思います。

パパや療育施設の先生、カウンセリングの臨床心理士さん、ヘルパーさん、障害児を育てているママ友の先輩や仲間たち、学校の先生たち……。

そして何より大きかったのが、子どもたちの存在です。

まるで今まで止まっていた時間が動きだすかのように、私は子どもたちから生まれて初めて「無償の愛」というものを教えてもらったのです。

母親と和解できたのはみっちゃんのおかげ

本のなかでも詳しくお話ししますが、みっちゃんがいてくれたおかげで、長年衝突していた母親とも和解することができました。

子どもがいなければ、自分の親と一生わかり合えることはなかったと思います。

「一生喋れないかもしれない」と言われて、12年。

２０２３年８月現在、みっちゃんは中学３年生（15歳）になりました。

言葉はまだ二語文程度で未完成。それでもみっちゃんは、ゆっくり、ゆっくり成長しています。

みっちゃんから出てくる数少ない言葉はとてもきれいです。何より、いつも全身で喜びや嬉しさを伝えてくれる息子には、**表現の手段はなにも言葉だけではないんだ**と気づかされ、今まで知らなかった新しい世界を見せてもらっているような気持ちになります。

「自閉症って病気？　治るの？」

よくそんなふうに聞かれます。

自閉症は発達障害の一種で、脳の先天性の機能障害です。外見からは障害がわかりにくいため、誤解されることもたくさんあります。

感覚が過敏で、光や音、匂い、触感などの刺激に対して通常の人より敏感に反応することがあります。

話をすることや、感情を表現することが苦手な子もいて、いろいろな形で表現することもあります。時には大きい声で叫んだり、泣くことも。

そんな時、私は皆さんに説明してまわりたくなります。

自閉症の子は光や音に敏感なんです。

表現の仕方が皆さんと少し違うんです。

本当は一人ひとりにそう説明したい。でも、そんなことはできないから一人でも多くの方にこの障害のことを知ってほしい——それが、我が家がYouTubeをしている大きな理由の一つです。

障害について、さらっと話せる社会になったらいいな、と思っています。

YouTubeを4年ほど続けるうち、嬉しいことに前向きで優しいコメントがどんどん増えてきました。

ただ、人の数だけ家族があり、それぞれに環境も違いますし、自閉症も一人ひとり特性が違って、得意なことや不得意なことも異なります。

その中の一つの親子の物語として見ていただけたら、嬉しいです。

どんなに苦しくても道は拓ける

この本はいわゆる「子育て本」ではありません。障害児教育や、正しい子育ての方法を期待されている方がいたら、ごめんなさい。

だけど、我が家の日常を赤裸々に語ることで、小さな気づきから障害に対する見方がちょっとだけ広がるといいなと思います。

特にお伝えしたいのは、**どんなに苦しい状況でも、たくさんの人の心の支えがあれば必ず明るい道が拓けていく**、ということです。家族と一緒に歩いてきたこの15年で、私はそのことがよくわかりました。

本書では、序章で**私の生い立ち**を短くまとめました。

クリスマスや誕生日など一般的なお祝いごとも知らず、食べる物もなく生きるのに必死だった私の幼少期から、パパとの出会いなど家族ができるまでを、勇気を出して話そうと思います。

第1章は、重度の自閉症である**みっちゃんの障害全般**について。障害を受け入れるまでの葛藤や、みっちゃん自身の個性や魅力を発見する過程をお届けします。

第2章は、自閉症の最大の特徴である、**こだわり行動とパニックの対処法**です。ヘトヘトになりながらも、息子独自の「数多くのこだわり」と「2〜3時間続くパニック」を理解するまでの葛藤を描きます。

第3章は、**学校やデイサービス**など子どもたちをとりまく環境について。行き詰まったり、悩んだ時は周りに助けてもらいながら、家族と共有しながら一人で抱え込まないよう工夫していることに触れます。

第4章は、**我が家の食事事情**です。うちの家族は、私以外「超」がつくほど極度の偏食です。偏食とどう向き合っているか、事件あり涙ありで語ります。

第5章では、**「きょうだい児」の心のケア**について。娘であるこっちゃんとのコミュニケーションを中心にお話しします。

最後の第6章は、しんどい時や疲れた時にしている**セルフケア**をお伝えします。親が倒れては元も子もありません。限界になる前にできることをまとめたので、ヒントになれば幸いです。

みっちゃんは重度の知的障害で、自閉症。
パパとこっちゃんは「超」がつくほどの偏食。
常に課題が山積みで、葛藤の毎日……それでも、私は今が一番幸せなんです。

こんな我が家のゆる〜い状態や、すぐに落ち込んだかと思えばすぐに立ち直る私を見て「こんな家族もいるんだな」とか「これでもやっていけるんだ」と笑ったり、呆れたり、とにかく心を楽にしていただけたら、とても嬉しいです。

2022年のクリスマス会にて。

そして今、子育てで苦労しているお母さん、お父さん。同じような境遇にいるご家族の方々。
この本を通して、少しでも共感の気持ちでつながることができたら、私はこのうえなく幸せです。

もくじ

第1章

自閉症のみっちゃんの優しい世界へようこそ

第2章 みっちゃんの「こだわり」行動を攻略する！

第3章

学校とデイサービス、環境の変化で得たもの

第4章 超「偏食」な家族のカオスな食生活

第5章 きょうだい児の心のケアについて考える

第6章

ママ、自分と家族を労わるコツを模索する

序章

ネグレクトされたママに愛しい家族ができるまで

出産直後から親戚の家に預けられて

ネグレクトの環境で育った私は、子どもの頃からずっと「私はなんで生きているんだろう」って思いながら生きてきました。

でも、自分の家族ができて、私は今までの人生をリセットして、また一から進むことができました。子どもたちがいてくれたからこそ変われたのです。

この本は障害児と家族についての本ですが、私の生い立ちも家族のあり方に大きく関係しています。だから、本の初めに少しだけ私のことを紹介させてください。

私は北海道の海のある小さい町で、10歳上の兄、8歳上の姉の下の末っ子として生まれました。

私だけは両親にとっては「いらない子ども」だったようです。**医者から、もう中絶できないと言われたので仕方なく産んだ、と母は言っていました。**

母にとってはわずらわしい存在でしかなかったのか、出産後に母乳すらも与えるのが嫌で、隣のベッドにいた妊産婦さんに自分の代わりに母乳をあげてほしいと頼んで飲ませてもらっていたそうです。

そして、退院した赤ん坊の私が連れていかれたのは、両親の家ではなくて親戚の家でした。父の兄弟の家へ預けられ、その家の奥さんに面倒を見てもらっていたのです。

当時、私の父親は水産業の会社の経営をしていました。父より10歳下の母親は、その会社の仕事だけでなくて夜の仕事もしていました。

とにかく両親は仕事、仕事で、忙しい生活だったそうです。

その後、私は父のもう一人の兄弟の家に移ります。その家に長くいたので、私はそこのお母さんのことを「お母さん」と呼んでいました。

ただ、月に1、2回は実家に行くこともあり、実の母にも会っていたのですが、この人が「自分のお母さん」という自覚はなく……。**久しぶりに会う実の母親に人見知りをしていました。なので、母にはいつも「かわいくない子だ」と言われていました。**

小学校に入学した後は、校区の影響で実家に戻ることになります。

それでもしばらくは、実の両親が自分の親という感覚がなかったのですが、ある日、町中で幼児期に一番長く育ててもらったおばさんに偶然会った時、そのおばさんは私に気づいてくれませんでした。

この時期の子どもは成長によって顔が変わりやすいからだと思います。そこで、私はようやく「ああ、この人はお母さんじゃないんだ……」と気づきます。

後で知ったことですが、子どもが親に対して感じる特別な結びつきや心のつながりのことを「愛着」というそうです。

子どもの頃の私は、この愛着を誰に向けたらいいのかわからなかったので、**情緒がひどく不安定な子どもになってしまっていました。**

悲しいも嬉しいも感情が消えた子ども時代

実家に戻ってからも、親はほとんど家にいません。

歳が離れたきょうだいもそれぞれ独立して、しばらくすると姉は家を出ていきました。

だから毎日の朝ごはんもなく、**私はよく学校で倒れていました。**学校帰りに、同級生の子の家で「ご飯食べたい」と言って差し出された茶碗一杯の白ご飯をかき込んだことがありました。

今思えば、空腹に耐え切れず無意識に出てしまった言葉だと思います。私は、あの時の驚いた同級生のお母さんの顔が忘れられません。


勉強はもちろん、生活で必要なことも、家で教わったことがありません。

歯を磨くことは小学1年生の時に友だちから教えてもらいました。

でも、その時にはもう私の口の中は虫歯だらけで、歯はいくつも溶けてしまっていて……前歯は今でも差し歯です。

学校で運動会や発表会、参観日などに親が来たことはありません。

運動会では、昼食の時間に他の生徒たちが楽しそうに家族とお弁当を食べる中、お弁当もなく、家族も来ない私には行き場がなく、学校の敷地内をひたすら歩き回って時間を潰しました。

だから、いつも学校の行事は一体何のためにしているのかわからず、ロボットみたいにただただ時間が過ぎるような感覚でした。

毎日ぼーっとしているね、と小学校の先生に言われ続けた6年間。

実は、当時の自分が何を食べていたのか、何をしていたのかもあまり記憶にないのです。

一人で過ごす家は寂し過ぎて、台所に止まっているハエに話しかける始末……。

遊びに誘ってくれる友だちもいたのですが、遊びに行きたいと思う気力も湧かず、家で一人でじっとしていることも多かったです。

この子ども時代を振り返ると、**ただただ「無」の感覚しかありません。**

もの心がついた時から高校生頃まで、私は脳内で嫌な感情や記憶を消す作業ばかりしていて、いつも頭の中は空っぽでした。**そのうち感情も湧かなくなりました。**

周りの人が笑っているから、私も笑おう。

友だちが怒っているから、一緒に怒ろう。

いつもそんな感じで、自分の意思もなかったんです。

10歳で母親と離ればなれに

両親が家にいる時は、夫婦喧嘩の絶えない家庭でした。

姉がいた時は激しくぶつかり合う両親から小さな妹を守ろうとしてくれましたけど、私はそんな両親の姿を見てはいつも廊下の隅で怯えていました。


私が10歳の時、そんな我が家で大事件が起こります。

ある朝のことでした。

私が目を覚ますと、枕元に一枚の手紙が置いてありました。

そこに書かれていたのは**「○○に行きます」の一文だけ**。

母がツテを頼って、ある町に出稼ぎに行くため家を出たのです。

実はその少し前に、母からいきなり「転校するかい？」と聞かれたことがあったのですが、意味がわからなかった私は「え、転校？」と言って、黙ってしまいました。すると母は「する気ないよね」と言い、あっさり話が終わりました。


——あの時、すぐに転校するって言えばよかったのかな。


たった一枚の手紙を残して家を出た母のことをどう考えたらいいかわからなくて、私の心は、その後もずっと揺れ続けていました。

この一連の出来事があって以降、家族はバラバラになっていきました。

誕生日も正月もクリスマスも祝わずに育つ

その後の我が家は、本格的なネグレクト状態に突入です。

父とはほとんど口をきいたことがありませんでした。年に数回口をきくとしたら「皿洗え」の一言くらい。

既に社会人だった姉は、家を出て一人暮らしをしていました。

この時期の私の記憶は、一層ぼんやりとしています。普段は冷蔵庫にあるものやコンビニで買ったものなどを食べていたと思いますが、遠足や運動会は弁当なしが当たり前で、担任の先生に分けてもらっていました。

誕生日やクリスマス、お正月などを祝ったことはありません。

特にクリスマスやお正月は、テレビでは皆が楽しそうに騒いでいるし、たまに遊んでいた友だちとも遊べなくなるし、ずっと「正月やクリスマスなんて、この世からなくなればいいのに」って思ってました。

自分の誕生日がいつかも知らなかったけれど、姉が初めて社会に出た年、私に誕生日プレゼントをくれたことがあります。

人生で初めての誕生日プレゼントは、野菜の形をした小さな消しゴムでした。

でも、私は嬉しいと思えなかった。

もう感情がなくなっていたんだと思います。

友だちの家で私の誕生日をお祝いしてくれると言われた時も、テストでいい点を取って先生が褒めてくれた時も、嬉しいという感情は全く湧きませんでした。

やっぱり親に祝ってほしかったし、親に褒めてもらいたかったんです。

どんなに突き放されていても、私はやっぱり母親に、そして父親に褒めてほしかった……。

その後も、私は両親が気づくはずもないテストのために陰で一人勉強していました。親がいつか私を認めてくれるかもしれないという期待を捨てることができなかったのです。

それ以外の声は、私には届きませんでした。

結局、私は本能的に目に見えない「無償の愛」をずっと探し求めていたのだと思います。

ついに爆発した地獄のような反抗期（ママの黒歴史）

そんなふうに感情を殺して生きていた私でしたが、高校時代、友だちの家の夕飯に誘われて、その家のお母さんが作ってくれた温かいご飯を食べた時、**自分の暮らしとの違いに愕然として、勝手に涙がポロポロと零れ落ちたことがあります。**

それまで必死で見ないようにしていたものが目の前に現われて認めざるを得なくなったんです。

蓋をして止めていた感情が一気にあふれ出て、涙が止まりませんでした。

その後は、同じ屋根の下で暮らすけど、ろくに口をきいたことのない父親、そして数ヶ月に一度電話をかけてくる母親と口を開けば大喧嘩をする日々が始まりました。今思い返せば、とんでもない暴言を吐きまくっていたと思います……（歴代ナンバーワンの黒歴史時代到来)。

でも、私は反発していたこの時期があったからこそ、今は普通の生活ができていると思っています。

愛着が不安定だった私にとって、この時期に一緒にいてくれた友だちは心の支えでした。

私が誤った道に進まずにすんだのは、友だちのおかげです。

今でも仲がいいけれど、あの頃の私を支えてくれたことには感謝しかありません。

後に夫となるパパとの出会い

後に夫になる人(パパ)と出会ったのは、高校3年生の時でした。

パパは親友の弟の友だちで、私より2歳下でした。

知り合ってすぐに、「私はこの人と結婚する」と直感しました。

私のすべてを受け入れてくれた唯一の人だったからです。自分の両親のことは、ある程度は友だちにも話していましたが、**すべてを話せたのはパパだけでした。**

いや、もしかしたら私がワーッと喋っているのを、パパはただ適当に聞き流していただけかもしれないけど。

でも、相槌を打ちながら聞いてくれるだけでも、私のすべてを受け止めてくれるように感じたんです。

パパの家族は穏やかな人ばかりで、おじいさんやおばあさんとの二世帯家族。私から見ると、とても温かな家庭だなと感じました。

だから彼は、自己肯定感の高い人に育ったんだと思います。

そんなパパだったから、私の育ちについてもすんなり受け入れることができたし、後に我が子の障害がわかった時も、ありのままの姿をすぐに受け入れることができたのかもしれません。

ついに母と衝突して長い絶縁状態に

その頃、自分の親に対する私の感情は、もう最悪の状態でした……。

高校の頃に感情が爆発して以来、親への思いは怒りや憎しみに変わっていましたから、母と口を利く機会があれば喧嘩ばかりでした。

だらしない格好をして自堕落な生活をする私に、母はたまに出稼ぎ先から電話で注意をしてきたのですが、むしろそれは私の怒りに油を注ぐだけ。

母親がすべての元凶だと思っていた私は、何か言われれば言われるほど反発して、ひどい言葉をぶつけてたんです。

「うるさい！」

「お前には言われたくない！」

「犯罪を犯さなかっただけ、ありがたいと思え！」

などなど……。いったいどこで覚えたセリフなのか……(汗)。

まだ10代半ばで、特に愛情を知らない私は心が育たず(同級生からも「幼いよね」と言われるほど)、何とか自分の知っている範囲の「暴言」で母に反発することに全精力を注いでいました。

母は母で、私のことを常に見下し、関係はどんどん悪化していくばかり……。そしてついに**20歳頃からほぼ絶縁状態**になりました。

当時の私は、こんなふうに母を許せない気持ちでいっぱいでしたけど、今になってみれば、**きっと母にも育児ができない理由があったのだと思えるようになりました。**

後にみっちゃんが入った児童発達支援施設では、親に向けたカウンセリングもありました。そこで私の話を聞いてもらった臨床心理士さんの話によると、ネグレクトをする親にはそれなりの原因があるらしいのです。

かと言って、ネグレクトを肯定する気はさらさらありません。でも一歩間違えていたら、私も同じ道を歩んでいたかもしれないと他人事には思えませんでした。

当時の母は若過ぎて、何もかも10歳上の父の言いなりでした。

本当は子育てする余裕なんて一ミリもない生活だったのに、子どもが3人も産まれてしまって、受け入れたくない現実から目を逸らすしかなかったのかも……。

今となっては、そんなふうに思います。

ただ、やっぱり当時の私には、とてもそんなふうに考えられませんでした。

待ちに待った第一子の誕生！

そんな私が妊娠したのは、パパと付き合い始めて10年ほど経った28歳の頃です。

自分の育ちのせいか、私は早く結婚して子どもが欲しいと思っていました。**自分の家庭、それも温かくて明るい家庭を私は絶対につくりたかったのです。**

だから、妊娠がわかった時は嬉しくてたまらず、出産前から育児書を暗記するくらい、何度も読み込んでいました。

そして、2008年7月22日。25時間32分の超難産の末に、体重2612gの元気な男の子が生まれました。

待ちに待った我が子の誕生です！

私は生まれて初めて幸せを感じていました。それまで過ごしていた暗い世界が一気にキラキラ輝く世界に変わり、自分が生きている喜びを全身で感じていました。

みつきと名付けた男の子はすくすく育ち、1ヶ月でほぼ首が据わり、5ヶ月で一人座りもできるように。

1歳で歩き始めて、体力、健康面ともに良好でした。

……だけど、少しずつ不安になってきたのはこの頃からです。

1歳半健診の時には、事前に保護者が我が子の成長をチェックする欄があるのですが、それを見た私はひどく動揺しました。

- うしろから名前を呼んだ時、振り向きますか
- ママ、ブーブーなど意味のある言葉をいくつか話しますか

一つも「はい」を記入することができなかったのです。

この後、みっちゃんは3歳の時に自閉症と診断されることになります。

第1章

自閉症のみっちゃんの優しい世界へようこそ

受け入れられなかった我が子の障害

1歳半健診では、保護者が確認する項目にチェックできるものが一つもなくて戸惑いましたが、健診の結果は「ひとまず様子を見ましょう」ということに。でも、ちょうどその頃に入った保育園でも、みっちゃんにいろいろな問題が出てきました。

- **皆との活動に参加できない**
- **お昼寝の時間に寝ない**
- **他の子にはできることができない**

夕方のお迎えの時間に、保育士さんがその日の子どもの様子を教えてくださるのですが、その内容は、

「みっちゃんは今日〇〇ができませんでした」
「みっちゃん、〇〇も難しかったです」

という報告ばかり。保育士さんは心配して言ってくださっていたのですが、当時の私は、「できない」報告ばかりが頭に残ってしまい、それを毎日聞くのがだんだん苦しくなってきました。

それに、保育園で見る他の子たちはもうたくさん喋っているのに、みっちゃんは全然喋りません。私にとって、お迎えは恐怖の時間になりかけていました。

何より困ったのは、**みっちゃんが園で給食を食べてくれないこと**でした。

保育士さんも相当手を焼いていたようで、「一度、お母さんが仕事を抜けて食べさせにきてください」と言われました。

「そんなに食べないもんかな?」と気楽に考えながら昼食の時間に行った私は、みっちゃんを見て愕然としました。

皆が美味しそうに給食を食べている中、みっちゃんは無表情でじっとイスに座ったまま。

「みっちゃん、これ食べてみよっか」と一生懸命に食べさせようとしても、全然食べようとしません。

確かに家でも偏食はあって、当時は海苔ご飯ばかり食べていましたけど、**保育園では一口も口に入れようとしないのです。**

楽しそうな園児たちの中で、じっと座っているみっちゃんの姿には違和感しかありませんでした。仕事に戻る車の中で、何か見えない不安に押し潰されそうな気持ちになり、泣きながら運転していたことを覚えています。

我が子の障害と向き合うまでの葛藤

その後の保育園の面談では「自閉症の疑いがあるから、検査を受けた方がいい」とはっきり言われました。

でも当時の私に、息子に障害があるのを受け入れるのはとても難しいことでした。

口には出さなかったけれど、本当は違和感を感じることはいくつかありました。

全然喋らないし、育児書に書いてあることもできないことばかり。でも、どうしても息子の障害に素直に向き合えなかった。

それは、育児書には自閉症の子の大きな特徴として「視線が合わない」とか「表情に乏しい」などと書かれていたからです。

みっちゃんは赤ちゃんの頃から目も合うし、ニコニコとよく笑っていました。

それを心の支えにするように、違和感を心の奥に押しこめていたのだと思います。

今、振り返れば、その時の私には心の余裕がなくて周りが見えていなかったのかもしれません。

赤ちゃん時代のみっちゃん。こんなに目が合うのに障害なんてある？　と思っていました。

当時の保育士さんたちは、できないことだけではなく、「こうしたらできるかな?」など私から何かヒントを聞き出そうとしていたのかもしれないと、だいぶ後になってから気づくことができました。

一般的に、子どもに障害がある場合は早期の療育が重要だと言われています。だから、保育士さんとしては、なるべく早く保護者に伝えた方がいいと思って教えてくださるのですが、それは保護者が我が子の障害に向き合う最初の心の準備の段階でもあります。**やはり最初は、我が子の障害という現実を受け入れられない保護者がほとんどです。**

私もそうでした。

結局、第二子のこっちゃんを妊娠したのを機に私は仕事をやめ、まるで保育園から逃げるかのように自ら退園しました。

仕事と保育園をやめた私は、自分の不安を紛らわすように、毎日みっちゃんと二人で公園や水遊びなど、いろいろなところに出かけていました。

地域の親子で集まって遊ぶ子育てサロンにも頑張って通ったけれど、みっちゃんはいつも泣いていて、ほぼ参加できたことがありませんでした。

それでも、いつか慣れるのではと思い、私は毎月連れて行っていました。

結局、最後まで教室にいられたことはほとんどなく、半年ほどで通うのをやめました。

今思えば、**聴覚過敏の息子はガヤガヤした場所が苦痛で仕方なかったのかもしれません。**

大音量で音楽を聞かせないと眠らない!?

きっと何かの間違いだと思う一方で、本当は我が子の不思議な行動にどんどん違和感が膨らんでいき、不安で今にもはち切れそうな状態でもありました。

たとえば、みっちゃんは小さい頃から何をしても泣き止まないことがありました。赤ちゃんだからそんなものかなと思うものの、**1時間以上も体が反り返るくらい激しく泣き続けている我が子に頭を抱えてしまう**ことも。

原因がわからないまま泣き続ける息子を見ながら、「もしかしたら、何かひどい病気なのかも」と心配になり、救急車を呼んだことが何度もありました。

でも、総合病院に駆け込んでレントゲンを撮ってもらっても、毎回言われる言葉は「異常ありません」。そういうことがたびたびでした。

また、大音量で音楽を聞かせないと、眠らない時期もありました。

もともと音楽が好きな子だったので、家にあったキーボードに内蔵されている音楽を聞かせていたら、だんだん自分で音量を上げるようになっていって、そのうち大音量の音楽を聞きながらでないと眠らなくなってしまったんです。

爆音が出てるスピーカーに耳をあてながら、すこやかに眠る2歳児……。いや、さすがにこれは普通じゃありません。

みっちゃんの頭の中では、いったい何が起こってるんだろう。

脳の成長に悪影響が出るんじゃないか……。もう不安でたまりませんでした。

本は破いて偏食が進むみっちゃん

また、言葉が遅い子には読み聞かせがいいと聞いたので、絵本を買ってきて読もうとしても、みっちゃんはすぐに絵本をビリビリ破いてしまいます。

こちらが読む暇もなく次々と破いていく息子の姿に心が折れかける母……でも当時のみっちゃんには、絵本はただの紙切れ同様、破いて遊ぶものとして映っていたのかもしれません。

こんなふうに、当時は困ってしまうことや不安なことがたくさんあったので、**私はしょっちゅう地域の保健センターに電話で相談していました。**

あまりにも頻繁に電話をするので、気づいたら私の担当者さんができていました……(汗)。

さらに、みっちゃんは離乳食後から偏食傾向が強くなり、食べてくれるのは海苔ご飯一択です。

でも、ご飯はまだいい方で、その後はチョコレートしか（！）食べなかったことも。

それは3歳のときです。

それまで虫歯予防のため甘いお菓子は与えていなかったけれど、親戚からもらったチョコレートを口にして以来、チョコの入ったお菓子やパンしか食べてくれなくなりました。どんなに注意しても、海苔ご飯を見せてもダメ……。

困った私がまた保健センターに電話で相談すると、担当者さんは**「何も食べないよりはマシだから」「そのうちブームが去るから大丈夫」「心配し過ぎもよくありませんよ」**なんて優しく声をかけてくれます。

その言葉には慰められましたけど、それでもやっぱり親としては心配です。栄養が偏って病気にでもなってしまったら……と生きている心地がしない日が続きました。


でも、チョコレートだけを食べ続けて1ヶ月くらい経ったとき、ピタッと突然食べなくなったのです。**そしてまた海苔ご飯の時代がやってきました。**

みっちゃんの中でチョコブームが去ったのか、単に飽きただけなのかわかりませんけど、このときは心からホッとしました……。

医師からの言葉でどん底に突き落とされる

保育園をやめた後、私はみっちゃんの成長のために毎日外に連れ出していましたが、二人目のこっちゃんが生まれてからは忙しくなり、出られなくなりました。

3歳になったみっちゃんが声に出すのは「あ〜」など意味のない言葉だけ。それも、声を出すのが面白くて出している感じ。

この頃はもう、息子の発達が他の子とは違うことを見過ごせなくなっていました。

不安と戸惑いで埋め尽くされていた私は、まるで何かに取り憑かれたかのように発達について調べまくります。そして「やっぱり発達検査を受けさせなきゃ」と、ついに覚悟を決めました。

そこで予約しようとすると、なんと3ヶ月待ち……。

でも、**この3ヶ月は母にとっては心の準備期間**にもなりました。そして、このときはまだ軽度の自閉症かアスペルガー症候群だと思っていました。

3ヶ月後にようやく発達検査を受けると、結果は自閉症です。

それに加えて、「一生、喋れないかもしれない」という医師の言葉です。

まさかそんな言葉を聞くと思ってもいなかった私は、その一言で、まるで真っ暗な深い海の底に突き落とされたような気持ちになりました。

その日の帰りは、自分で車を運転して帰ったはずなのに、まったく記憶にありません。

気づいたら家に着いていて、部屋の中でぼーっとしていました。

世の中の時間も、自分の思考も一切止まったような感覚です。

みつきは、一生喋れないかもしれない……。

その言葉が頭の中をぐるぐる巡って、頭の中が真っ白になっていきました。

当時はその医師の言葉に傷ついた私でしたが、今となってははっきりと現実を伝えてくださったのかもしれません。

楽観的なパパが告げた衝撃の一言

その後、診断結果をパパに伝えたのですが、その反応にもびっくりでした。

「そっか。仕方ないね」

「へ!? それだけ?」

本当に淡々とした反応で、表情もいつもと同じ。もともと感情を表に出す人ではないし、感情の起伏も穏やかだけど、絶望の淵にいた私とは真逆の反応です。

でも、パパはこんなふうに続けました。

「それがみっちゃんのありのままの姿なら、それを受け入れるしかないよね。何

とかなるっしょ！」

まあ、それはそうなんだけど！　でも、パパは仕事で日中はほとんど家にいないし、実際に子どもたちの面倒を見るのは私です……。

だから、私としてはちょっと複雑な気持ちもあったのですが、今にして思えば、パパがそんなふうにフラットで穏やかな態度でいてくれたおかげで、周りの家族の心が救われたこともたくさんあったのでした。

療育施設との出会いが一つの希望に

診断には大きなショックを受けたけれど、とりあえず、どうするかを考えなければいけません。まずは検査を受けた病院で、自閉症の説明をひと通り受けました。

自閉症（自閉スペクトラム症）というのは、社会的なコミュニケーションの障害や強いこだわり、感覚過敏などの特性がある発達障害です。

自閉症には知的障害をともなう人もいれば、ともなわない人もいます。

知的障害には軽度、中度、重度、最重度の分類があり、重度や最重度の子には物理的なサポートも必要です。

自閉症などの発達障害には治療法がないため、「療育」といって社会生活に慣れるためのトレーニングや行動療法や言語療法を行います。

当時の息子はまだ重度知的障害と診断できる年齢ではありませんでしたが、**医師からの「一生喋れない」という言葉で、この子はきっと重度であると感じていました。なので、専門的な療育施設でサポートを受けることにしました。**

そこで私たちは療育施設を探し始めますが、障害についてほとんど知識がないので、どんな施設がいいかもわかりません。まずは手当たり次第に電話で問い合わせをし、私は子ども二人を連れて施設見学の旅が始まります。

もっともっといいところがあるんじゃないか……と見学が止まらなくなっていた頃、**7ケ所目の療育施設と出会います。**

そこは、発達障害を持つ子どもの支援を行っていて、子どもだけじゃなくて**家族の支援もしてくれる施設**でした。専門医のいる小児心療内科や、子育ての悩みを抱えている家族のためのカウンセリングなどもあります。

障害のある子がいる場合、他の家族が障害について正しい知識を持つことも大事なのですが、この施設では**家族に対しての教育やケアも手厚い**のです。

それはもう親のための施設かと思うほどの充実ぶりで、**見学してすぐに「ここしかない！」と決めました。**

家族同士のつながりが強いのも、その施設を選んだ大きな理由でした。

やっぱりどんなに明るい気持ちでいたくても、**障害児の育児には大変なことも多くて、親も孤立しがちです。**

考えてみれば、友人や身内に相談することも大事だけど、私はどうしても同じような境遇のお母さんたちとつながりたい気持ちが強かったのです。

たとえば、食事の悩みひとつにしても悩みのカタチがまったく違うものだからです。一般的には野菜を食べてくれないなど好き嫌いの悩みが多いと思いますが、私たちの子は**「何でもいいから、食べてくれるだけでありがたい」**という世界です。

でも、同じような境遇の中で頑張っているお母さんたちの話を聞いたり、共感したりすることで、それまでずっしりと取り憑いていた大きな不安が軽くなっていって、前向きな気持ちになっていきました。

仲間って大事！（涙）

だから私はYouTubeチャンネルで共感の声が聞こえたときには、勝手に「仲間発見!!」と思い、ただただ嬉しくてたまらない気持ちになることがあります（思い込みが激しくてすみません）。

そして2012年、みっちゃんが4歳のとき、この児童発達支援施設に入所しました。新しい施設に入ったみっちゃんがどんな様子だったかというと……**施設ではまったく嫌がらず黙って座っていました。**

施設には他の子と活動するのを嫌がって泣く子や走り回って大きな声を出す子など、さまざまな子がいましたが、集団行動はとりあえずこなしていたのでした。

意思表示のない我が子の「言葉」は宝物

3歳のときに「喋れない」と言われた息子、みっちゃん。

実際、幼少期にはほとんど言葉を発することがなく、いつもニコニコ笑っているだけで何かの意思表示をすることもありませんでした。

でも、5、6歳頃から、本当に少しずつですが言葉が出てきました。

「バナナ」「にゃんこ」「ママ」などの単語です。

ただ、この頃は行動と言葉が一致していることは少なくて、自分のお気に入りの言葉やリズムを繰り返している感じでした。

それでも、みっちゃんから時々出てくる数少ない言葉は、親にとっては特別で、大切な宝物でした。**まるで砂浜に落ちている金色の砂を拾い集めるような気持ちで、息子の言葉一つひとつに必死で耳をそばだてていたのを覚えています。**

そして、みっちゃんが小学校に上がって、しばらく経ったある日のこと。
みっちゃんが机の上に画用紙を広げて、クレヨンで何かを一生懸命描いています。
見てみると、丸や線です。何だろうと思っていると、みっちゃんは私の顔を見ながら、
自分が描いた丸や線を一つずつ指差して言いました。

「めんめ(目)、みみ、はな」

え！　ええ〜!!　すごい！
そっか、これ人の顔だったんだね！　わかんなかったけど、言われれば確かに！
それをママに教えてくれてるんだね！

私はあまりに突然のことでびっくりして、大声で喜びたかったけど堪えました。みっち

やんが私の声に驚いて、せっかくの言葉が消えてしまうのではないかと思ったからです。
それくらい、みっちゃんから出てくる言葉は尊いものでありました。

「くち、まゆげ、あし、てって（手）」

こんなにたくさんの意味のある言葉がみっちゃんの口から出てきたのは、このときが初めてです。

これまでは口に出せなかっただけで、みっちゃんはこんなにわかっていたのです。この一言一言に、みっちゃんの何年分の思いが詰まっていたんだろう。

そう思うと、胸の内に熱いものがこみ上げてきました。**喋っているみっちゃん自身も本当に嬉しそうで、まるで幸せオーラが体中から舞い上がっているようです……。**

みっちゃんの一言一言をかみしめるように、私も一緒になって何度も何度も「みみ」「はな」と復唱したものでした。

さらに、小学校の途中からは少しずつ二語文が出てきました。二語文は「カレー食べる」

「ママ行って」のように二つの単語からなる文です。

小学5年生頃からは、「公園に行く?」という質問に「公園行く」と答えるなど、オウム返しで返事をしてくれるようになりました。

字が読めないみっちゃんの素敵な特技

その後も、息子から出てくる言葉は少しずつ。ゆっくり、ゆっくり成長していったみっちゃん。そして、ある日突然、こんな文章を口にし始めたのです。

「わたし　これから　おつかいよ　おかあさん　はやく　いこうよ」
「りんご　ばなな　ぶどう　れもん　おかあさん　おかあさん　なにかうの」
「つまんない　けーきを　かってくれないの　おかあさんの　けちんぼ」

それは、みっちゃんが大好きな、白いクマが主人公の『しろくまちゃん　ぱんかいに』(もり ひさし・わだ よしおみ(著) わかやま けん(イラスト)/こぐま社)という絵本でした。

これはデイサービスでよく先生が読み聞かせてくれていた本でした。

でも、朗読している本人の前に絵本はありません。

私はびっくりして、すぐに近くの図書館でその絵本を借りてきました。そしてみっちゃんにその本を渡してみると、今度はページをめくりながら朗読し始めました。

最初から最後まで、はっきり正確に読み上げています!

絵本を記憶だけで朗読するみっちゃん。このとき、ママはもう大興奮でした。

みっちゃんは二語文しか話せません。

字も読めません。

だから、字を読んでいたのではなく、**前に耳で聞いたことと絵本の中の絵を組み合わせて記憶していたんです。**


「すごい！　すごいね、みっちゃん！」


大興奮した私はもう「すごい！」しか言えません（語彙力……）。

それでも、ひたすらみっちゃんを褒め続けたのでした。


その日から、みっちゃんはよく朗読するようになりました。

それも、ただ朗読するのではなく、楽しいシーンは笑顔で弾むように、しろくまちゃんが泣いているシーンでは、その顔を指差して「泣いてるね」と一言添えてから小さな声で朗読するなど、**とっても感情豊かに朗読してくれます。**

お気に入りのシーンは何度も繰り返します。

中学生になった今でも、絵本を朗読するのが得意なみっちゃん。

朗読は息子の素敵な特技の一つです。

絵本のセリフを覚えてニコニコ喋る

さらに、日常生活でもその場面にふさわしい絵本の中のセリフを言うことが増えてきました。

たとえば、私が注意したときは不満そうな顔をしながら、

「つまんな〜い」

「おかあさんのけちんぼ」

パパと温泉施設に行く前には、ニコニコの笑顔で、

「パパとお風呂行くよ。ちゃぽんと入るよ」

そのときの感情に合わせて絵本の言葉を自分の言葉として使うようになりました。

みっちゃんの言葉がきれいで、何だか少し温かいのは、絵本の言葉が元になっているか

らかもしれません。言葉と行動も、ほぼ一致しています。

そんなふうにして言葉が増えていったみっちゃんは、三語文も少しずつ使えるようになりました。

その後、みっちゃんは挨拶もできるように。

朝、学校に着いたら「おはよう」、人に何かをしてもらったら「ありがとう」、自分が何かいけないことをしてしまったときは「ごめんなさい」。

周りの人との関係を良くするために挨拶はとても大事なので、家でも意識して習慣化するようにしています。

こんな感じで、本当にゆっくりだけど、少しずつ話ができるようになっています。一生喋れない、なんてことはありませんでした。**息子は息子なりのペースで言葉を覚えて、私たちに一生懸命伝えようとしてくれています。**

一般の子と比べれば言葉が少なく、表現もわかりにくいために伝わりにくいかもしれないけれど、「人と関わりたい」という気持ちは他の子と変わらないと思うのです。

我慢したぶんのパニックは遅れてやってくる

ただ、自閉症で重い知的障害のある息子は、自分の気持ちや感情をうまく表現することが苦手です。

小さな頃は特に「拒否すること」が苦手で、その場ですぐに「嫌だ」という感情を出すことができませんでした。

だから、外では滅多に泣くことも嫌がることもありませんでした。

支援施設に通い始めた頃は、週3回ほどお昼まで親子で一緒に参加していたのですが、そこではとても「いい子」でした。他の子が泣いたり、大きな声を出していても、みっちゃんは黙って座っていて、大人しい子という印象でした。

というより、されるがまま……。

本来なら嫌がってもいい場面でも（たとえば、自分が持っていたおもちゃを取られたり）、みっちゃんはニコニコしていました。

しかし、そんなみっちゃんの心は常にいろいろな「我慢」でいっぱいになっていたのかもしれません。**そして毎日、家に帰って、玄関のドアを開けた途端に大声で泣くのです。**

当時それに気づいてあげることができなかった私は不思議でたまりませんでした。

「さっきまで、あんなに大人しくしてたのに。施設であんなにニコニコしてたのに。どうして家に帰った途端に泣くの？　ママがなんかした？　お家が嫌いなの⁉」って、ずっと混乱していました。


そのみっちゃんの見えない頑張りに私が気づくのには、何年もの時間がかかりました。

言葉で自分の思いを伝えられないみっちゃんは、泣いたり、大きな声を出したりすることで気持ちを表現しています。

みっちゃんの場合、嫌なことがあったらすぐにパニックが起こるというより、それ以前に怒られたことや、過去の嫌な出来事を思い出したときに起こることが多いのです。

その我慢が心の中でいっぱいになったとき、泣いたり怒ったりすることで気持ちを吐き

出していたのかもしれません。

考えてみれば、赤ちゃんのときに私には原因がわからないまま泣き続けていたのも、そういう理由だったのだと思います。

また、自閉症の子には感覚が過敏で鋭い子も多いので、ちょっとした変化が刺激となって、苦痛を感じやすいのかもしれません。

頭の中が複雑なみっちゃんのすごい記憶力

自閉症の子の中には、最近のことよりも、昔のことをよく覚えている子もいます。もしかしたら、頭の中の引き出しが私たちとは違って複雑な形なのかもしれません。

みっちゃんも、私たちがびっくりするくらい昔のことを覚えています。

たとえば、みっちゃんはおばあちゃんと電話で話すとき、よくこう言います。

「腕、痛いね」「ばあちゃん、腕痛い」

何年も前に、おばあちゃんが「腕が痛い」と言っていたのを覚えていて、気にしてくれているのでしょう。聞かれたことにパッと答えるのは難しいし、普段は口には出せなくても、本当はたくさんのことを覚えているんだと思います。そしてその「腕痛い」というキーワードは、おばあちゃんとみっちゃんをつなぐコミュニケーションの一つの大切なフレーズでもあるのです。

そういえば、みっちゃんは寝る前や朝に泣くことが多かったです。

一日の終わりに、その日に溜め込んだ思いがよみがえってくるのかもしれません。

365日続いたパニック。朝や寝る前、長いときは２～３時間かかることも。

そして一日の始まりには、まだ残っている思いを吐き出して、気持ちをすっかりリセットしてから学校に出発していたのかもしれません。

そうすることで、息子なりに昼間の集団生活を乗り越えていたのでしょう。

だから、**パニックというのは、もしかしたら心のリセットのために必要なこと**なのかもしれない、とも思うのです。

自閉症の子も人と関わりたい気持ちを持っている

ただ、こうしたパニックの出方も人それぞれです。

私は、みっちゃんが支援施設に入った後、障害児のことをよく見てくださる保育士さんたちのことをまるで女神様みたいに感じ、「あんなふうになりたい」と憧れを抱きました。

その後、児童発達支援施設で6年ほどパートとして働き、皆の寝ている夜中や朝に少しずつ勉強をして保育士資格を取得しました。

そして職場で出会う、生きづらさを持つ子たちと接する経験から、障害のタイプは人それぞれであるということがよくわかりました。

私の担当した中には、言葉が達者で、泣いたり大きな声を出すわけではないけれど、いつも周りの人に暴言ばかり吐いている子がいました。そういう子は、やはり大人からも子どもからも敬遠されがちになることがあります。

でも、時間をかけて関わってみると、**実はものすごく繊細で心の折れやすい子だったのです。**

一般的には自閉症や発達障害の子たちは「空気が読めない」と思われていますが、私は思うのです。実は空気を人一倍読み過ぎて（たくさんのことを感じとっていて）、それが強い刺激となって、その場にそぐわない行動などが出てしまうことがあるのではないか……と。

そういった行動は傍から見ると「空気の読めない人」として映ってしまいますよね。まあ、これは私の個人的な考えであって、正しいかどうかはわかりません。

でも私は6年間、たくさんのタイプの子たちと関わるうちに、そう感じることが多々ありました。

繊細だからこそ、自分を守る手段として暴言を吐いてしまう子、自傷してしまう子、または他害行為をする子など一人ひとりの防衛のかたちがあるのかもしれません。でも本当は皆、優しい気持ちを持っている子たちばかりだったんです。

障害のある子は、一般的にみれば理解できないような行動を取ってしまうこともあります。**特に自閉症の子は、人とコミュニケーションを取るのが難しい**と言われています（それぞれのタイプにもよりますが）。

人と関わりたいけれど、自分の気持ちがうまく表現できないから、泣いたり突然大きな声が出てしまったりすることもあります。中には、言葉に出して表現することが苦手なため、言葉以外で表現しようとして、飛び跳ねたり、気を引く行動を取ってしまう子もいます。

それでも子どもたちは皆、「人と関わりたい」という気持ちを持っていました。

みっちゃんも、人と関わるのが大好きです。

どんな人が相手でもってことはないけれど、自分が安全だと思える相手や、自分に心を開いてくれる相手のことはちゃんと見極めて、とびっきりの笑顔で接しています。

言葉よりも、笑顔と体の動きと声で表現するのが得意なみっちゃん。

嬉しいときには嬉しい気持ちが全身からあふれ出し、ぴょんぴょん飛び跳ねながら伝えてくれます。

そして、よこしまな気持ちのないキラキラの笑顔は、周りにいる私たちを幸せにしてくれます。

発達障害の人には「個性」と「魅力」がいっぱいある

よく「発達障害の人が100人いれば、100通りのタイプ（特性）がある」と言われるように、それぞれの人の持つ特性はそれぞれ違います。

実際に子どもたちと接していると、特性はその子の個性で、それぞれまったく異なることがわかります。

そして、一人ひとりの子に生活や学習、運動などさまざまな面で、**得意なことと不得意なことがあります**。

たとえばみっちゃんは、小さな頃から手先の力加減を調節するのが難しく、手先を器用に使って細かい作業をするのが苦手でした。

みっちゃんが3歳くらいのときです。

私が自分のこぶしをぎゅっと握って見せながら、「みっちゃんもグーして」と言ったのですが、**みっちゃんはこぶしを握ることができませんでした**。

この子はグーもできないのか……。

とてもショックでしたが、後になって、**自閉症の子どもの中には「低緊張」という症状が見られることがある**ことを知りました。

低緊張の子は体を支える筋肉の収縮が弱いので、思うように自分の体の動きをコントロールすることができません。

その結果、姿勢を真っ直ぐに保てなかったり、猫背になっていたり、じっと座っていられなかったり、運動発達に遅れがみられることもあります。体や筋肉を触ったときに張りがなく、柔らかいと感じることもあります。

みっちゃんは物を持つのも上手ではありませんでした。そこで、年長の頃から買い物のときに荷物を持ってもらう練習を始めました。

軽い物から、少しずつ。

最初はやっぱり難しくて、持ち方を教えても、人差し指と中指だけで買物袋を持とうとして、どうしても親指が離れてしまいます。

でも、何度も教えるうちに少しずつ慣れていきました。

またデイサービスでは、6年生から紐にビーズを通す練習も始めました。

低緊張の子が細い紐に小さなビーズを通すのは、とても大変です。

だけど、一つひとつ時間をかけて丁寧に作業をしていたみっちゃん。頑張って作ったきれいなビーズの輪は、今も我が家のリビングに飾ってあります。

こうした成果もあって、みっちゃんも今は重たい荷物を持てるようになりました。

このように、自閉症は病気ではないので「治る」ということはないけれど、成長することによってできるようになっていくことはたくさんあります。

成長の仕方もスピードもそれぞれ違うけれど、みっちゃんを見ていると、確実に成長しているなと実感するのです。

そして純粋で無垢なみっちゃんの数少ない言葉やキラキラの瞳は、みっちゃんにしかない「魅力」だ、と親バカながらに私は思っております（親バカですみません……笑）。

育児が不安だったのは「何も知らなかった」から

重度の知的障害をともなう自閉症のみっちゃん。「育てるのは大変ですね」と声をかけていただくことも多いのですが、**実は、一番辛かったのは最初に診断を受けたときでした。**

それはきっと、私たちが自閉症について何も知らなかったからです。

誰でも、自分が知らないことって怖いと感じますよね。

診断結果はもちろんショックでしたけど、それより**自閉症や知的障害がどんなものかわからないことの恐怖の方が大きかった気がします。**

でも、それも知識や経験が積み上がってくると、だんだん平気になってきました。むしろ今は「みっちゃんには、こんなに魅力があるんですよ。皆、見て！」っていう気持ちの方が強いです（またも親バカ……）。

最初の頃は不安だらけだったけれど、**障害や我が子について知っていくにつれて、少しずつ気持ちが軽くなっていったんです。**

否定の言葉がときに胸を締め付ける

診断を受けたばかりの頃は、我が子がこれから社会に認めてもらえるのかどうかも不安でした。

特に自分の友だちや親戚に、どんな目で見られるんだろう。みっちゃんは世の中に受け入れられるんだろうかって。

実際、私が友だちや親戚に息子の診断結果を報告すると、

「違うって。障害なんかじゃないよ」

「ちょっと成長が遅れてるだけでしょ」

などと言って、みっちゃんの障害を認めようとしませんでした。

もちろん、それは不安そうな私を励まそうとしてかけてくれた言葉だっていうことはよくわかっています。

でも周りに否定されればされるほど、その言葉はチクチク私の胸を刺すのでした。

「障害があったらダメなのかな?」

「みっちゃんは、ありのままでいちゃダメなの?」

私は息子に障害があるということよりも、「社会が障害を受け入れてくれないのでは？」ということの方に強い不安を感じていました。

この先の見えない不安に押し潰され、みっちゃんが寝た後、寝顔を見ながら涙が止まらなくなってしまったこともあります。心配で一睡もできない夜もたびたびありました。

でも、昼間にニコニコ笑っている息子を見ていて、こう思い直しました。

私自身も自閉症や知的障害について何も知らないけど、周りはもっと知らないはず。**障害のことも、みっちゃんのこともよく知らないから、皆、否定するのかも。**

息子の魅力を知れば、見方が１８０度変わる！

知っているのと知らないのとでは、見える世界が全然違いますよね。

たとえば街中で大きな声を出している人を見たら、不安や恐怖を感じる人が多いと思います。もしかしたら攻撃してくるかも、と身構えてしまうかもしれません。

でも、その人が大声を出しているのは障害の特性によるもので、その障害を持つ人は何か原因があって（苦手な音が嫌だったり、反対に嬉し過ぎる状況だったり）大声が出ちゃってるんだなと知っていれば、不安や恐怖も軽減するんじゃないかと思うのです。
だから私は、多くの方に自閉症である息子のことを知ってほしくて、YouTube で発信を続けています。

日常生活でも、私は周囲の人にみっちゃんのことを話し続けました。

みっちゃんの魅力を知ったら、皆、絶対に見方が変わるって、好きになってくれるって信じて（注：親バカが止まりません）。

初めて知能検査をしたときの医師も、こう言っていました。

「この子の笑顔は強みだね。この笑顔でやっていけるね」

自閉症と診断され、「一生喋れないかもしれない」と言われて真っ暗な海の底に沈んでいたあの時期、唯一、私の心を明るく灯してくれた言葉です。

そして、周りの人たちがようやくありのままのみっちゃんを受け入れてくれるようになってきたと感じたのは、みっちゃんが小学校に上がってからでした。

特に親戚関係は、ある日を境に、ガラッと変わりました。

父の葬式に「連れてくるな」と言われた息子

それはみっちゃんが小学1年生のときです。

私の父が重い病気になったことで、疎遠だった家族が会う機会が出てきました。

当時のみっちゃんはまだ単語を少し話す程度でしたが、父が入院中に時々短い動画を送ったりしていました。みっちゃんが「じいちゃん」と言うだけの短い動画です。

そして小学1年生の終わり頃、父が亡くなりました。

当時の母は障害への理解がまったくなく、父のお葬式の際にはこう言いました。

「みっちゃんは恥ずかしいから、連れてこなくていい」

私はその言葉に衝撃を受けつつ、「何言ってるの、連れていくよ」と押し切って、家族全員でお葬式に向かいました。**でも、それには大きな覚悟が必要でした。**

斎場でのお葬式の間、みっちゃんはずっと同じ姿勢で座っていることが難しかったので、パパと交代しながら別室に連れて行ったりしていました。

その後、お寺に移動して法要をする際には、お坊さんの説教の途中で疲れてしまったのか、またはいつもと違う場所と雰囲気に圧倒されたのか、みっちゃんは脱力してしまって椅子に座ることもできなくなりました。

それで途中からは廊下で横になっていたけれど、特に泣いたり大声を出したりすることはなかったので、私たちは静かに見守っていました。

日頃から支援施設では、**子どもが泣いたりしても焦らずに対応している先生たちの姿を**

見ていたので、私たちも冷静な対応をいつも意識していました。

特にその日はみっちゃんが何かしてしまっても、あえて「何でもないこと」という態度で接していました。

私たちが落ち着いた態度でいれば、みっちゃんも安心するし、それを見ている周りの人も最初はびっくりするけど、だんだんあまり気にしなくなっていくんですよね。

たとえば、テーブルにある水をこぼしてしまった時などは周りの人たちが「あっ!!」と驚く中、母親の私は誰よりも冷静に対応しました。だって、こんなの日常茶飯事過ぎて、なんてことないんです。

それよりも周りの反応に息子がびっくりするんじゃないかと思い、「大丈夫だよ」と声をかけています。「拭けばいいいんだから」といって何事もなかったかのように振る舞うと、自然と周りも何事もない雰囲気になっていくのです。

そして、みっちゃんが何かできたときには、（わざと周りに聞こえるように）大きな声で褒めました。

そうすることで「余裕」オーラを出して、みっちゃんにも周りの人にも安心感を伝えられるからです。

そんなふうにみっちゃんが泣こうが寝っ転がろうが何てことない振る舞いをしていたら、何年かぶりに会う親戚の人たちが口々に言ってくれたんです。

「よく頑張ってるね！」
「本当に偉いよ！」

お葬式に行く前は、みっちゃんの障害のことでどんな視線を浴びるか、何を言われるだろうかって身構えていました。

でも想像とは違って、皆がよく頑張っていると認めてくれたのです。

すると、それを機に、私の母親も変わってきました。

今までまったく理解し合えず、みっちゃんのことも「恥ずかしい」と言っていた母が、私たちのことを少しずつ認めてくれるようになりました。

子どもたちがつなぎ直してくれた親子の関係

実は、私の両親というのは商売をしていたということもあり、世間では人当たりが良く社交的だったので、グレていた私だけがほとんどの親戚から「おかしい子」扱い。

だから、一部の親戚からは「なんでそんなに親に逆らうの?」とか「そのうち親のありがたみがわかるよ」などと言われ、当時の私は自分が悪いのだろうか……という気持ちと、どこからか湧いてくる違和感で混乱し、情緒が不安定になっていました。

でも、お葬式で約20年ぶりにたくさんの親戚と会ったとき、私は幼少期に面倒を見てくれたおばさんに、つい話してしまったのです。自分が幼い頃、ネグレクトの状態であったこと、孤独だった小学校の頃の話を。

すると、その後しばらくして母から電話がかかって来ました。その内容は、おばさんから謝った方がいいと言われたというものでした。

そして母は私にこう言ったのです。「小さいとき、ごめんね」と。

母が私に謝ってきたことには、私の方がびっくりしてしまいました。

「この人、謝れるんだ!!」

それが私の正直な感想でした。それまでは何があっても自分から謝るような人じゃなかったので、もう目からウロコでした。

人生って本当に不思議なものだなと思います。

この日から、少しずつ流れがいい方に変わっていきました。

それまで疎遠だった母との付き合いが始まり、母はたまに我が家に来るようになりました。

みっちゃんの障害を受け入れられなかった母も、接すれば接するほど、みっちゃんの魅力に気づいてくれたようです。

今では「みっちゃん、みっちゃん」と言って、よくかわいがってくれています。

また、みっちゃんも、ばあちゃん（母）のことが大好きです。

コロナ禍で会えない時期には、毎日「ばあちゃん来る?」と聞いていました。

普段のみっちゃんは、自分や私のことを苦手と感じている人のことは敏感に嗅ぎ分けて、あまり近寄ろうとはしません。


なのに、私の母にはとても懐いているのです。

母と長く深い断絶があった私から見れば、それはとても不思議に感じるのですが、もしかしたら、みっちゃんは自分の母とその母の間を取り持とうとしてくれているのかも……。

母の顔を見るたび、ありったけの笑顔で大声を出して喜ぶみっちゃんを見ていると、どうにもそんな気がしてならないのです。


今では、みっちゃんも、こっちゃんも、ばあちゃんのかわいい孫です。

正直言って、私は自分の母親とは一生わかり合えないし、絶対に許せないと思っていました。でも、子どもたちが親子の縁を再びつなげてくれました。

生きてさえいれば、やり直しがきくこともある。そのことを、子どもたちが身をもって教えてくれたのです。

第2章

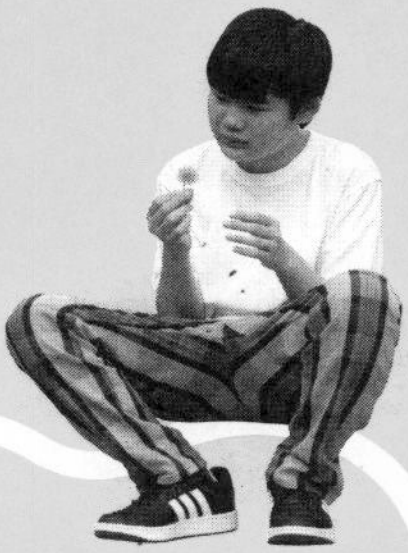

みっちゃんの「こだわり」行動を攻略する！

みっちゃんの謎の「こだわり行動」

言葉で感情を伝えるのが難しい息子は、私たちにはない独特な感性を持っています。それが**「こだわり行動」**です。

お気に入りの行動や決まった行動を繰り返すなど、一定のルールがあります。使う食器や食べ方、お風呂やトイレの仕方、ドアの開け方など、**いろいろなものに彼なりのルールがあるんです。**

私たちからしてみたら、「もう、なんでそんなことするの⁉」って思うようなこともあるけれど、みっちゃんにしてみたら当たり前の習慣。

今までにも、たくさん不思議なこだわりがありました。

「ブレーカーのスイッチを落とす」というこだわりがあったのは、小学校低学年の頃。きっかけは、ブレーカーが落ちて一時停電になったことです。急に部屋が真っ暗になったことが楽しかったのか、その後に洗面所のブレーカーを上げていたのを見たみっちゃんが、**自分で洗面所の椅子を台にしてブレーカーを落とすようになりました。**

私が家にいるときには注意していたのですが、そのうち、私が外出してパパに留守番を頼んだときだけ、やるようになりました。

パパなら叱らないって、みっちゃんなりにわかっているのかもしれません。

でも、パパとこっちゃんは、いつも突然の停電でびっくりです。

そのため、私が出かけるときは、パパがずっと洗面所の前に張り付いていなければいけなくなりました。

それでは大変なので、洗面所にカギを付けると、しばらくの間はおさまりました。

でも、みっちゃんも負けて（?・）いません。

今度は、何かを台にして洗面所のカギを開け、ブレーカーのスイッチを落とすようになりました。

ブレーカー事件の時に取り付けたカギ。
思い出として今も残しています。

そうなると、もう私たちの完敗です……。

結局、そのこだわりが終わって次のこだわりに形が変わるまで、ブレーカーはみっちゃんに落とされ続けたのでした。

こだわりはある日突然なくなる

ボイラーのスイッチを消す行動が続いたときも困りました。

我が家で使っているボイラーはお湯を使った時に音がしますが、聴覚過敏のみっちゃんは、この音が苦手だったようです。

そのせいか、**小学校高学年の頃、ボイラーのスイッチを切ることが続きました。**

ボイラーのスイッチはキッチンにあって箱を被せてあります。でも、みっちゃんはその箱をどけてスイッチを押してしまいます。

悲惨なのはシャワー中の人です。浴室に入る前にスイッチを押したはずなのに、急にシャワーから冷たい水が出てきて**「ギャー!」**。冬は地獄です。

「みっちゃん、スイッチ押して!」と叫ぶと、みっちゃんは「うまくいった♪」という顔でルンルン飛び跳ねながらスイッチを元に戻してくれます。

それでブルブル震えながら浴室で待つ辛さからは解放されるものの、その後もいつ冷水にされるかと、ヒヤヒヤでした……。


ただ、このこだわりは、ある日急になくなりました。

あるときボイラーが壊れて、しばらくお湯の出ない生活になったことがあります。沸かしたお湯をお風呂にためて体を洗ったり、お休みの日に温泉施設に行ったりして何とかしのいでいましたが、やはり大変なことばかりで、ボイラーのありがたみを噛み締める日々でした。

一週間後にボイラーを修理してもらって、ようやく直りました。

すると、それ以降はみっちゃんがスイッチを切ることがなくなったのです。


みっちゃんのこだわりが、消えた!?

もしかしたら、みっちゃん自身がボイラーを使えない不便さやお湯のありがたみを思い知ったからかもしれません。

ともかく、途中で冷水に変わることのないシャワーは本当に快適です。

対策次第で被害を最小限に防げる！

「外に物を落とす」こだわりが続いたこともありました。

みっちゃんが小学1年生の頃です。

マンションの1階に住んでいたとき、みっちゃんと当時3歳だったこっちゃんが窓の近くでキャアキャアと楽しそうに声を上げています。

明るい陽射しの中で仲良く遊ぶ兄妹たち。なんて微笑ましい光景なの……あれ？　窓から何か投げてる……？

慌てて駆け寄ってみると、二人は楽しそうに衣服を窓から外に投げていました。

気づいたときは、タンスの中はカラッポ。そして窓の外には我が家の衣服が山積みになっているじゃないですか！


びっくりすると同時に、ご近所の目が気になりました。

下を向いてうつむきながら、そそくさと衣服を回収に行きます。

「ここから投げちゃダメだよ」「ここにしまおうね」と何度注意しても、みっちゃんはこの行動が気に入ってしまったのか、その後も繰り返します。

タンスの中の服だけではなくて、洗濯して干していた服やオモチャを窓の外に出してしまうこともありました。

それが続くと、さすがに私も疲れてきました。

落とされた物を取りに行くときに近所の方とすれ違ったこともあるけれど、挨拶をする心の余裕もありません。ただ恥ずかしく、うつむいてその場をやり過ごすのみ。

そして、汚れた服をもう一度洗い直し、タンスにしまい直すわずらわしさ。

意味のわからないことを繰り返す、みっちゃんに対するイライラ。

そんなことでモヤモヤして、どうしたらいいのかわからなくなりました。

でも、このときは、窓にストッパーを付けてみたところ、無事に解決しました。

窓の上部につけたので、当時のみっちゃんには手が届かず、**この行動を防ぐことができるようになったのでした。**

でも、みっちゃんのこだわりはいろいろと形を変えていきます。

その後、今度は窓の外ではなくて、**トイレの便器に物を落としてしまうことが続きました。**そうするとトイレが詰まって本当に大変です！

3回もトイレを詰まらせ、修理業者さんを呼んで直してもらう羽目になりました。

ただ、このときもトイレのドア上部にカギを付けたら防げるようになりました。

こだわりはまるで知恵比べのよう

みっちゃんのこだわりの中で一番多いもの。

それは、3歳頃からずっと続いている**「物の移動」**です。

これまでいろいろなこだわり行動があり、ほとんどは形を変えて違うこだわりへ移っていきましたけど、これだけは人生ナンバーワンのロングランです。

みっちゃんはオモチャで遊ぶことはほとんどないし、小さな頃からオモチャを欲しがることもあまりありませんでした。

オモチャで遊ぶよりも、家の中にある物で遊ぶのが楽しいのです。

たとえば、オタマを手に持ってユラユラしたり、パパのベルトをブラブラしたり、ママの日焼け止めをカラカラと鳴らして振ったり。

そして、それらをどこかに移動させてしまいます。**本人には移動させているっていう意**

識はないのかもしれないけど。

たまたま手に持っていた物を、何かの拍子にその場に落としていったり、どこかの隙間に入れたり、宝の山のように一つの場所にまとめたり。

今は減っているけれど、自分の布団にお気に入りを持ち込むこともありました。

そのため、昔から我が家ではよく物がなくなりました。

オタマを使おうとしたら、**「あれ、オタマは?」**。

テレビを見たいのに、**「リモコンどこ~!?」**。

だから、うちの家族はいつも何かを捜しています……。

カギなどの貴重品は子どもの手の届かない場所へ置くようにしていますけど、高いところも限られているし、背が高くなってきたみっちゃんはいろいろなところに手が届くようになりました。

すべての物を手の届かないところへしまうことはできないので、我が家ではしょっちゅう物がなくなるのです。

動画ではさすがに片付けたスペースで収録していますけど、普段はいろいろなところに物が散乱しています。「なんで、これがこんなところに！」という物、たとえば押し入れからオタマが、布団の下からフライ返しが出てきたこともありました。

そして部屋の片隅にはいつも、パソコンのキーボードやフォーク、ペン、ママの髪留め、味噌こし、6Pチーズの蓋など、まったく脈絡のない物たちが、何かのオブジェのように飾られています。

私はこの山をみっちゃんの「宝の山」って呼んでいます。そして、いつしかその物たちを写真に撮る私です。だんだん面白いなと思い始めてきたのです……（もう麻痺ってる⁉）。

いつか「なんでこれがここに⁉」シリーズのカレンダーを作りたいとも考えています（冗談ですけどね）。

ただ、みっちゃんのこのこだわりも、もう10年以上続いているので家族は慣れっこになってきました。**もはや生活の一部です**。

ある時期を過ぎたら、「物とは、いつかなくなるもの」「貴重品さえあればいい」と、みっちゃんのおかげでお坊さんみたいな悟りの心境に達しました(笑)。

今日もみっちゃんのこだわりは進行中です。

家の中ですぐ服を脱いじゃうこだわり(?)もあって、いくら言っても、夜寝るときは冬でもパンツ一丁!

部屋の電気をすべて豆電球の明かりにして回る、という謎のこだわりもあります。

食べ物は熱々じゃないと食べてくれない!

前にも触れたように、みっちゃんは小さい頃から偏食で、いつもクラスで一番の偏食児でした。

みっちゃんは、食べ物そのものより、**食べ方の方にこだわりが強くありました。**

一番のこだわりは、**食べ物が熱々じゃないと食べない**ということ。

3歳頃から、「冷めた物は食べない」という強いこだわりが出てきました。

みっちゃんは一口がとても小さく、食べるのに通常の人よりずっと時間がかかります。

だから出来たてを用意しても、食べている間に冷めてしまいます。

すると、もう一切口にしなくなるんです。**そのため、一回の食事の間に7〜8回は電子レンジで温め直していました。**

最後は、カリカリになってしまった食材を捨てていたこともあります。

やはり胸が痛むし、給食ではそんなことはできません。外食もできません。

でも、あんまりうるさく言うと、みっちゃんがまた食べなくなってしまうのではないかという恐れもありました。


そこで、食べ方を改善する方法を少しずつ試してみるようになりました。

まずは、**レンジでの温めを自分でやる練習**です。それまでは私が温めていたのですが、本人がやった方が回数は減るのではないかと思ったのです。

小学校高学年頃からは、自分でレンジで温めることができるようになりました。

8年続いた「こだわり」もついに克服⁉

6年生になると、デイサービスの事業所が変わりレンジのない環境になりました。そうなると、みっちゃんの給食をレンジで温めることができません。やはり最初の頃は何も食べられずに帰ってきました。

そこで、これを機に家でレンジの回数を減らす練習を始めることにしました。**最初は一度の食事に7~8回温めていたレンジの回数を、5回までにする挑戦です。**

「これでレンジは最後にしようね」

「よく食べたね！　すごいね！」

そんなふうに諭したり、励ましたり、応援したりしながら、レンジを使う回数を少しずつ減らしていきます。でも、みっちゃんは時々、蚊の鳴くような声で言うんです。**「あっ**

ためる……」って。

言葉も要求もまだまだ難しいみっちゃんが絞り出した、小さなか弱い声。

私はつい「いいよ」と言いたくなる心を鬼にして、笑顔でこう言います。

「まだあったかいよ。大丈夫だよ、美味しいよ！」
「もう一口食べたら、温めよっか」

3歳の頃から8年間も続いていた強いこだわりと向き合って変えていくのは、それなりの精神力が必要です。

熱々で食べるのが当たり前だったみっちゃんは、温めることで安心を感じていたみたいです。**でも、温めなくても大丈夫だよ、美味しいよと言い続けることで、長年にわたって染み付いた習慣を変えていきます。**

「温めて！」と全力で要求するみっちゃん。8年間、1度の食事で7～8回温めていました。

もちろん、これはみっちゃんを見守る私にとっても辛く大変な練習でした。でも、ここで温めちゃうと、みっちゃんはデイサービスで給食を食べられないままです。

この先の息子のことを考えたら、今やるしかありません。

そんな私の決意が伝わったのか、みっちゃんも葛藤しながら頑張っていました。2ヶ月ほど続けると、レンジの回数は3回までに減らせました。

最終的に、レンジの回数を2回まで減らすことに成功。ただ、その辺りでお互いにかなり疲れてしまい、食事の時間が悲しいものになりそうだったので、家での練習はいったん中断します。

1年で給食のメニューをすべて食べられるように!

そして、今度はデイサービスで先生がマンツーマンでついてくださり、給食にチャレンジすることになりました。

まずは牛乳から。給食の時間内に牛乳1パックを飲み切ります。

その次は、果物に挑戦です。これも少しずつ食べられるようになりました。果物は最初から冷たいものと認識しているので、比較的食べやすかったようです。

デイサービスでの挑戦を始めて4ヶ月ほどで、みっちゃんはようやく食べ物を口にすることができたのです。

その後は、給食のメニューを一口ずつ口に入れて、先生と一緒に「モグモグモグ」と言いながら10回数える練習に移りました。

そうやって食べられるメニューを増やしていくうち、1年近くかけて、なんと給食の全部のメニューに挑戦できるまでになりました。

私がデイサービスの給食時間を見学したときに見たのは、みっちゃんが常温の食べ物や苦手な食べ物も口に入れて、モグモグしている姿でした。

みっちゃんが、自分から食べ物を口に運んでる……！

それまで決して自分から食べようとしなかったみっちゃんを思えば、その姿は驚きを通り越して、とても信じられないものでした。

みっちゃんが食べ物を口に入れるたびにデイサービスの先生も喜び、優しく励まし、温かく応援してくれています。

実は、偏食の人が苦手な食べ物を口に入れるのは、極端なたとえだけど、虫を口に入れるような感覚だという人もいるくらいです。

でも、たくさんの支えがあるからこそ、みっちゃんも頑張れるのです。

こんなに頑張っているなら家でも続けなきゃ……と、家でも練習を再開しました。

こうした挑戦を1年以上続けた結果、**今では自然に常温の食べ物が食べられるようになりました。**

強いこだわりを、みっちゃんは自分で克服することができたんです！

「こだわり」はワガママではなく文化である

みっちゃんを見ていると、こだわりというのは私たち一般の人にとっての「文化」みたいだな、と思うことがあります。

私たちは育った地域の文化や風習、ルール、常識などに沿って生きているけれど、みっちゃんの場合はそうしたものに影響されることは少ないです。

それよりも自分の中のルールや決まりごとがはっきりしていて、それらを一つひとつ変えていくのは、**私たちが無意識に身についている文化を変えるのと同じくらい、大変なことなんだと思います。**

こだわりにも表面的なものから深く身に染みついたものまであるけれど、本人の中で一度決まったルールを変えていくには、一般の人よりも多くの時間がかかります。

また、本人にとってこだわりが精神的な安定につながっていることもあるので、無理に

やめさせるのはよくないこともあります。

こだわりをすべて注意して止めるということは、みっちゃんにしてみたら、一日中注意され続け、一日中、自分の行動を否定されるということ。

それに、注意しただけでやめられるならいいのですが、その行動の一つひとつには本人にしかわからない自分なりのルールがあるのです。

言葉が十分ではない息子にしてみれば、こうしたこだわり行動もコミュニケーションの一種なのかもしれません。

でも、それでコミュニケーションを取れると覚えられても困るので、気持ちは複雑です。みっちゃんに悪気がなくても、その行動で周りが困ってしまうこともあるし、他の人がたくさんいるような場所では気をつけなくてはならないこともあります。

それに、親だって人間です。忙しいときにやられると、ついイラッとしてしまうこともあります。

そういえば、一時期の「走って攻撃」は本当に辛かったな……。

「ママ走って！」

「パパ走る！」


そう言って、親たちを走らせようとするのです。

親がダッシュすると、キャアキャアと大喜びするみっちゃん。

疲れて走るのをやめると、

「ママ走る！」

「走って！」


容赦ない鬼監督のリクエストが無限に続きます。

会話がまだ難しいみっちゃんにとって、スキンシップや体を使った遊びは大切なコミュニケーションの一つ。

でも、このエンドレスの「走って攻撃」で死にかけたことも……。**ママは、神様でも聖人でもアスリートでもないんだぞ〜！**

体が動くときはいっぱい遊んであげたいけれど、やっぱりママも普通の人間なので（そして中年でもある）、できないときは「ちょっと無理だよ」と伝え、素直に「ごめんね」と謝ることにしています。

イヤイヤ期と反抗期と思春期が一気にやってきた⁉

自閉症の子は「こうしてほしい」というこだわりから大きくずれたときには、場合によっては、**強い不安を引き起こしてしまう**こともあります。そして、それが本人の**パニックにつながってしまう**こともあるようです。

第1章でも少しパニックに触れましたが、みっちゃんが小学校高学年の頃の、パニックが一番ひどかった時期についてお伝えしたいと思います。

実際には、パニックの原因は他の人にはわからないことも多いです。

特に、みっちゃんには幼少時代のいわゆるイヤイヤ期がありませんでした。

だから、小学3、4年生頃から、イヤイヤ期と反抗期と思春期がいっぺんに来ちゃったのかもしれません。


この時期、朝と夜の2回は、ほぼ毎日パニックになっていました。

学校やデイサービスでパニックになることはほとんどなかったものの、家に帰ってから、そして朝学校に行く前の2回、ほとんど毎日泣いていました。

言葉で自分の気持ちを伝えられないみっちゃんは、泣いたり、大きな声を出すことで、気持ちを吐き出すのです。


「みっちゃん、辛いね」

「みっちゃん、何かあったのかい？」


私はそう言いながら、背中をさすって、ぎゅっと抱きしめます。もしも辛いことがあるなら、私もそれに共感して慰めて励ましてあげたい。

けれど、**みっちゃんは言葉で伝えるのが得意ではありません。**

みっちゃんが何に怒って、何に傷ついているのかをわかってあげられないことが、私には辛くてたまりませんでした。

そういうときは、デイサービスの先生に電話して、日中の様子を聞いていました。

その日どんなことがあって、みっちゃんがどんな行動をしたのか、どんな反応をしていたのかを先生から聞き出すのです。

一日の出来事を教えてもらうと、その日、みっちゃんの中でいろいろな感情があったことがわかります。

そっかー、思ってたことと違って、びっくりしちゃったんだね。
お友だちが大声出してたのが怖かったんだね。
いつも頑張ってるもんね。ママはみっちゃんの味方だよ！

私たちからすれば何でもないことでも、みっちゃんにとってはそうではありません。

一つひとつの行動が、頑張りの結晶です。

頑張りがいっぱいいっぱいになって、心から思いがあふれてしまうこともあります。

みっちゃん自身がそれを伝えられないので、先生と情報共有をすることで、パニックの原因を見つけていたんです。

それに、電話口で先生に話を聞いてもらって「辛いよね」と共感してもらえるだけで、こちらも少しは辛さが紛れました。

365日続く朝晩の大パニックと自傷

みっちゃんは小学4年生から6年生にかけて、まるで発作を起こすように365日パニックになり、**長いときは2時間から3時間、泣きやまないこともありました。**

そんなとき、みっちゃんはとても大きな声で泣き叫びます。

首元を掻きむしるような仕草をしたり、泣きながら自分の頭を叩いたり。

「痛いからね!」って言いながら、ずっと自分の頭を叩いていることもありました。自分の耳や髪を引っ張ってしまうことも……。

パニックがひどいときには、こうした自傷行為が出てきます。

他の人を傷つけることはありませんが、自分自身を傷つけてしまうんです。

でも、やはり自傷は危険なので、何をおいても止めなきゃいけません。

みっちゃんの両手首を押さえようとしますが、体は小柄な方のみっちゃんでもパニックのときにはすごい力が出るので、私だけでは押さえられないときがあります。

そんなときには、やっぱりパパの力が必要です。

対応する人が変わると空気が変わって、みっちゃんが落ち着くこともあります。

私では持ち上げられないみっちゃんの体をパパがひょいっと抱っこすることも。

大パニックになったみっちゃんに寄り添うパパ。

それに、パパはどんなときも動揺せず、冷静に対応してくれるのも助かります。

でも、何をしてもダメなときもあります。

真っ赤な顔で全身を震わせながら、何時間も喉から血が出るのではないかというほど大声を出すみっちゃん。

その胸に手を当てると、心臓がバックバックと激しく波打っています。

こんな激しい心拍が続いたら、みっちゃんの寿命が短くなっちゃう……！

しかも、頭がかち割れそうなほどの大きな泣き声、ご近所さんから通報されるレベル！

どうしてもおさまらないときは、外へ連れ出して車でドライブします。

小学生の娘こっちゃんに、ちょっと近くまでドライブしてくるねと声をかけて、パパと二人でみっちゃんを抱きかかえて、やっとのことで車に乗せます。

ぐるぐるとあてもなく運転しながら、みっちゃんに声をかけ続けます。しばらくして少し落ち着いてきたら、フライドポテトやジュースなど、みっちゃんの好きなものと、留守番しているこっちゃんにもお土産を買って帰ります。

そうして家に帰り着くと、今度はどこかすっきりした顔になって、ニコニコ笑顔が戻ってくるみっちゃん。

その顔を見て、こちらもホッとひと安心ですが、**家の中はまるで空き巣が入った跡のようにグチャグチャのまま……**。でも私もダウン寸前です。

今日はこのまま布団に倒れ込んじゃおう。そんな日が続いたこともありました。


妹こっちゃんからしても兄のパニックは365日毎日のこと、パニック中は私はみっちゃんにつきっきりになるので、寝る前だけは必ず毎日こっちゃんと二人の時間を作っていました。

小学4年生から6年生の毎日、朝と晩にパニックが続いていた頃、私は「いかに今日一日パニックを乗り越えるか」だけを考えて生活していました。

服装はだいたいTシャツかスウェット（破れても汚れてもいいように）、**いつでもどこでもみっちゃんのパニックに対応できるように、常に臨戦態勢でした**。アクセサリーは引きちぎられる物……余計な物は身につけません。

その時の様子は過去のYouTube動画でもわかります。振り返って過去の動画を見ると、その頃の私は髪も一本縛りで、身なりも基本的に動きやすいものを着用して、常にパニックに備えていました。

その当時は毎朝目覚めると、今日もパニックが起こる……と、我が子にビクビクすることすらありました。

でも、中学生になったみっちゃんは心も体も成長し、パニックの出る頻度が徐々に低くなってきました。

時々パニックを起こすこともありますが、その時間はかなり短くなっています。

壮絶だった日々の後には大きな成長が待っている

パニックは、周りの人も大変ですが、やっぱり辛いのは本人です。

本人だって、なりたくてパニックになっているわけではありません。

ただ、パニックも悪いことばかりではないと思っています。

みっちゃんの場合、家ですべてを吐き出すことで、気持ちを落ち着けているように思うからです。**外では出せない「負の感情」を、家で思う存分、出しています。**

だから、パニックを起こせなくなったら、心の中の負の感情の行き場がなくなってしまうんじゃないかと思うんです。

それから、私がみっちゃんのパニックで心が折れそうになっていたとき、同じような障害のある子どもを育てている先輩ママさんに、**「大きな波の後には、大きな成長が待っているよ」**と教えていただいたことがあります。

パニックという大きな波が去った後、子どもは大きく成長しているというのです。

まさにそうでした。

みっちゃんは小学3、4年生から毎日のパニックが始まり、小学5年生頃から急に爆発的に言葉が増えていったんです。

特に「嫌だ」や「しない」などのような否定の表現ができるようになったのは大きな成長でした。

それまでは何でも「されるがまま」だったので、きっと辛いこともあったはずです。そんなみっちゃんが、否定の言葉を言えるようになった。

家でもそうでしたけど、学校でも、きちんと言葉に出して「嫌」と言えるようになったそうです。

否定の言葉は、その人自身を守ることにもつながります。

周りの人がそれ以上は強制しなくなったり、他の人が助けてくれたり。

何より、周囲との意思疎通がうまくできるようになります。

嫌なことを嫌と言えるのは、生きていく上でとても大切なことですよね。

そして、みっちゃんは自分の感情をきちんと言葉として出せるようになっただけでなく、**いろいろな人に自分から声をかけられるようにもなりました。**

今まで自分をアピールするのは先生や大人に対してだけだったのに、**5年生頃からは同い年の子にもアピールするようになったんです。**

そして、いろいろな食べ物にも挑戦するようになったみっちゃんです。あの時期のパニックの嵐がきっと、みっちゃんを成長させてくれていたのかもしれません。

唐突にやってきた「自我」の芽生え

小さい頃のみっちゃんは、周りから働きかけなければ動かない子でした。

当時から診てもらっている小児心療内科の先生からも、

「この子は、自我という面ではかなり重度だよ。自我の芽生えが遅いね」

と言われていました。

だから、集団行動に従うことはできても、自分から動くことはほぼありませんでした。学校やデイサービスでも、一人でどこかに行っちゃうことや突然泣き出すことなどなく、大人しかったみっちゃん。

家の中でも「こうしたい」という意思がなかったので、自然と妹のこっちゃんが中心の生活になっていました。

外出の際もみっちゃんには行きたいところがないし（どこへ行きたいのかわからない状態）、何かを欲しがることもないので、やはりこっちゃんの行きたいところに行くことになります。

昔は公園に行っても、遊具でどう遊んだらいいかわからないみっちゃんは黙って立っているだけ。ブランコに乗せると、お人形さんみたいにじっと座っています。

妹が欲しがるオモチャは譲ってくれるし、取られても怒りません。

そのみっちゃんが、こっちゃんが小学校に上がった途端、突然変わったんです。

妹に譲らないことが出てきたのです。オモチャの取り合いをすることも出てきたし、自分がこうしたいと要求するようになり、「嫌！」と言えるようにもなりました。

……もしかしてみっちゃん、今までこっちゃんに気を遣ってた？

考え過ぎかもしれないけど、そんなふうに感じたのです。

妹のこっちゃんが小学生になって、私の手が離れたことを察したのか。

友だちと遊ぶために家を空けるようになったこっちゃんが、親から離れたタイミングを見計らったのか。

どちらにしても、ようやく兄の自我が出てきました。

療育施設の先生にそのことを話すと、こう言ってくれました。

「おぉ！　おめでとう！　やっときたね！」

私もすごく嬉しかった。

自我が出てきたことで、意思表示してくれて本当にわかりやすくなったから。

歯磨きをしようとしたり、ご飯にふりかけをかけるなど、自発的な行動も見られるようになってきました。

自分から動くことや一人でできることも少しずつ増えてきて、自我が出る前と、出た後では、まるで別人みたいになった兄でした。そして、「みっちゃんってこういう人だったんだ！」という大発見をした瞬間でもありました。

ずっと躊躇していたお薬を始めた理由

中学生になってから、みっちゃんのパニックはだんだん落ち着いてきて、朝のパニックが起こっても登校時間までには落ち着くようになりました。

自分で要求ができるようになり、自分を表現できるようになってきたことも大きく影響していると思います。

もう一つ影響していたのは、お薬だと思います。

息子のパニックが一番ひどかったときは、朝出かける前にパニックになる、家に帰ってきたらパニックになるというのが、半ば習慣化していました。

実は、私自身、三十代の頃から過呼吸の症状に苦しめられていたのですが、心療内科でパニック障害のお薬を処方していただいたらとても楽になったのです。

それで私は、**「もしかしたら、みっちゃんもお薬を処方してもらった方がいいかもしれない」**と考え始めます。

それまでは、私自身も子どもにお薬を飲ませることは考えていなかったけれど、自分に薬の効果がみられたことで、**「もしかして、お薬ってそんなに悪くないかもしれない」**と思い始めたのです。

またママ友の一人も、子どもにお薬を飲ませるようになったら、すごく落ち着くようになって生活も変わったと言います。

そこで、みっちゃんが昔から通っている小児心療内科の先生に相談に行くと、こう言われました。

「もう、もっと早くおいでよ！　なんでそんなになるまで我慢してたの？」

そんな経緯もあり、みっちゃんが小学6年生の冬にエビリファイ（一般名アリピプラゾール）というお薬を飲み始めました。これは何日か飲み続けると体に吸収され、その後に効き始めるお薬です。

その半年後から、徐々にパニックが減ってきました。

しかし、中学1年生の春に再びパニックが増えてしまいます。心配になり医師に相談したところ、「体が成長してお薬が効かなくなってきたんだね」ということでリスパダール（一般名リスペリドン）というお薬に変わりました。

子どもにお薬を飲ませることに対しては、賛否両論あると思います。

私も長年、お薬に対する不安や心配があり、使うことをためらっていました。

特にこだわりの強いみっちゃんがお薬に依存するようになったら……とネガティブなイメージしか持てませんでした。

そこで先生にその不安をぶつけてみると、こんな話をしてくださいました。

障害を持つ人の家族が疲弊して崩壊してしまうとしたら、それはとても悲しいこと。

でも、**お薬を使うことで本人も楽になり、家族も平穏な気持ちで一緒に過ごせるとしたら、そのためにお薬を使う**という考え方があってもいいんじゃないかな、と。

私も一時は、我が子と一緒にいるのが本当に辛いと感じていました。だけど、今は一緒にいて、穏やかで幸せな時間を過ごせています。今のところみっちゃんにもお薬の副作用は特に見られず、パニックも減って安定した生活が続いています。

何より、みっちゃん自身が少しでも穏やかでいられるのが一番です。

ネガティブなイメージがあったけれど、今では支える家族のためにも、お薬に頼ることも必要な時期だと思うようになりました。

医師と相談しながら、お薬とうまく付き合っていきたいと思っています。

（注）薬の服用には副作用が出ることもあります。薬を服用する際は、かかりつけの医師に相談してみてください。

第3章

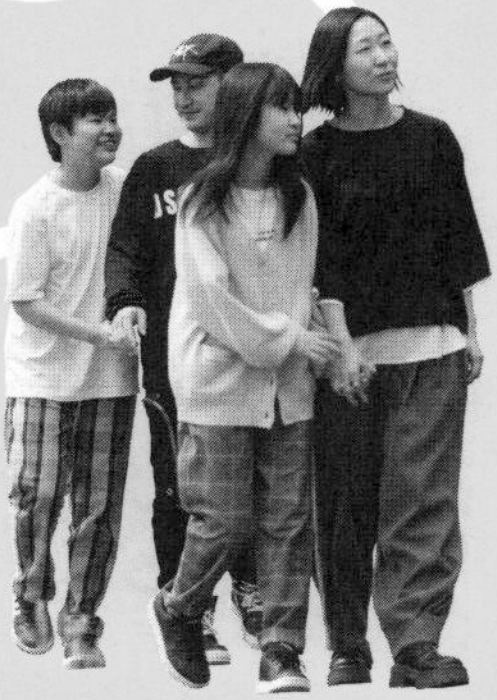

学校とデイサービス、環境の変化で得たもの

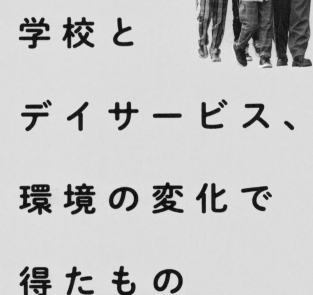

就学前は児童発達支援施設へ母子通園

前も触れた通り、みっちゃんは4歳から児童発達支援施設に通い始めました。

ここは知的障害を持つ子どもだけでなく、その家族のことも地域全体で支える施設です。

特にありがたいのは、**週に1回、親たちと先生たちが集まって育児の悩みを共有する時間があること**。

自分の思いを吐き出せる場所はそうそうあるものではありません……。悩みを共有し、共感できるお母さんたちがいるのは本当に大きな励みになりました。

就学前はここに週1～2日、多いときには週3～4日、母子で通園していました。

また、この施設には、きょうだい児のための保育施設もあります。

障害のある子の兄弟姉妹を「きょうだい児」と言います。

きょうだい児は目に見えない心の問題を抱えていることも多いのですが、この施設にはきょうだい児が通える保育施設があったので、妹のこっちゃんも入園しました。

この施設には、その他にも知的障害を持つ小中学生のための放課後デイサービスや障害児が一時的に寝泊まりするショートステイ、障害のある人の家に来て食事や入浴などをサポートするホームヘルパーの派遣など、幅広い施設やサービスがあって、それぞれの家庭に合ったサポートをうけることができます。

私にとって、この施設の存在や施設で知り合った親たちとのつながりが大きな救いになったのですが、残念なことに、全国的にみてもこうした施設はまだまだ少ないようです。

私たちがYouTubeをする理由の一つが、そんな親同士の「つながり」のためです。

私たちと同じような境遇で日々子育てに葛藤している人や、大きな不安を抱えている人がいたら、せめて私たちのYouTubeのコメント欄でつながってほしい。

近くに自分と同じような境遇の人がいなくても、苦しんでいるのは自分だけだと、自分を追い込まないでほしい。

そんな思いで、いつもバタバタな我が家の日常を発信しています。

みっちゃんの愛されキャラが全開に！

小学校では、一般の子たちと関わる時間が週1回〜月1回程度ありました。このときは母も同伴です。

一般の生徒さんの中には、みっちゃんのような知的障害のある子への接し方がわからない生徒さんもたくさんいます。皆、どうしたらいいのかと遠巻きに眺めています。

そんなとき、私は皆の前でなるべくみっちゃんを褒めるようにしました。

何かができたら、それが小さなことでも、「みっちゃんできたね！　偉いね！」と言ってハイタッチする様子を他の生徒さんたちに見せたんです。

すると、3年生くらいから、朝、みっちゃんが来たらハイタッチしてくれる子や、みっちゃんと積極的に接しようとしてくれる子が出てきました。

子どもたちはちゃんと見ていて、「こう接したらいい」「こういう言葉をかけるといい」というのを学んでくれていたんですね。

そんなとき、みっちゃんの「愛されキャラ」が開花したのです。

お友だちから「みっちゃん、すごい」「よくできたね」と声をかけられると、ニコニコ笑顔で飛び跳ねて全身で喜びを表すみっちゃんです。言葉がなくても嬉しい気持ちが伝わり少しずつ友だちとの距離も縮まっていきました。

中には、まるで自分の弟みたいにみっちゃんと腕を組んで「手、洗いに行こう」と連れて行ってくれる子がいたり、「こっちだよ」と手を引っ張って靴を出してくれたり。**子どもたちの柔軟性や優しさ、行動力に、どれだけ救われたかわかりません。**


6年生のときには、バレンタインのチョコを3個ももらってきたみっちゃん。なかには小さなメッセージカードが入っているものもあり、とても温かい気持ちに。

そしてニコニコ笑顔で食べるみっちゃん。ホワイトデーのお返しもして、とてもいい思い出になりました。

低学年のときは母子ともに大変なこともありましたが、高学年からは、子どもたちのおかげで本当にいい経験がたくさんできた学校生活でした。

まるで修行のようだった小学校の遠足

ただ、やっぱり一般の子と同じようにできるわけではないので、遠足や運動会の行事は、みっちゃんにとって大きな試練であったと思います。

特に印象に残っているのは毎年の長距離遠足です。

みっちゃんにとって、長い距離を歩く遠足は負担が大きいのです。特に高学年からはかなり長距離を歩くので、皆についていくこと自体が難しくなりました。

それに遠足の楽しみの一つは友だちと楽しくお喋りしながら歩くことだけど、**みっちゃんはお喋りができません**。

ただ、ひたすら歩くのみ……。片道30分、長いときには1時間、黙々と歩く姿はまるで修行僧のようでした。

低学年のうちは歩くのにとても時間がかかり、行列からかなり遅れて目的地に到着です。

そしてお弁当の時間。

当時、熱々のものしか食べられなかったみっちゃん。お弁当で食べられるものといえば、チョコのサンドイッチを二ミリくらいかじる程度、そしてオレンジをちょっとだけ舐めて終了。ほとんどお腹は満たされることなく遠足は終盤へ……。

帰り道ではヘトヘトになりながらも、途中で何度もしゃがみ込んで休憩しながらゆっくりと進みます。

もう皆の姿は見えないけれど最後まで学校へ向かいます。

ついに学校の門の前までくると突然地べたに大の字に寝転がってしまったことがありました。それはまるで力尽きた……と全身で物語っているようでした。

「よく頑張ったね！　最後まで参加したことに意味があるんだよね！　偉いよ！」

と言って拍手します。

しかし、脱力したみっちゃんを背負うのもまた遠足での母の試練……（汗）。

母もみっちゃんと一緒に鍛えさせてもらっております。おかげさまで逞しい親子になりました(笑)。

それでも高学年になるにつれて最後まで歩けるようになったみっちゃん。

六年生の頃はコロナ禍で遠足が中止になりましたが、それまでの遠足はすべて参加して最後まで歩ききることができました。

こうして振り返ってみると、過酷な遠足は辛いだけでなく、みっちゃんの「耐える力」を鍛えてくれていたのです！

あの辛さを乗り越えたからこそ、感覚過敏で行けなかった場所にも行けるようになっていったのです。

中学生になると、みっちゃんはお出かけするのも大好きになり、昔はきびしかった外食にも乗り気で行けるようになりました。

辛い経験はただ辛いだけじゃなくて、必ず未来への力につながっていくんですね。

みっちゃんの頑張りが、私にもそれを教えてくれました。

支援サービスは社会勉強の時間

学校とは違うけれど、障害児や家族が利用できる支援の一つに、ショートステイ（短期入所）というものがあります。

障害児や、何らかの理由で家族と一緒に居られない子どもたちが、一時的に寝泊まりするサービスです。みっちゃんが就学前に通っていた児童発達支援施設には、このショートステイのサービスもあって、みっちゃんも時々利用しています。

みっちゃんが初めてショートステイをしたのは、私自身のカウンセリングを始めて、しばらく経った頃です。

その時期の私は、精神的にかなり不安定になっていました。

それまで心の奥深くに溜め込んできた苦しみや怒りが、カウンセリングを受けたことでトラウマとなって一気に押し寄せてきたのです。

30年間も見過ごしてきたトラウマと向き合うには大きな苦痛が伴います。心身が疲弊して、一時は家事もできなくなるほど精神的に追い込まれてしまいました。

すると、それを見ていたデイサービスの先生が、みっちゃんに施設のショートステイの利用を勧めてくれたのです。

最初は、知らない場所にこんな小さな子を泊めさせるなんて……という気持ちでした。

でも施設の先生がこう言いました。

「ママの辛そうな姿を見ていたらみっちゃんも辛いと思うよ。それならみっちゃんはショートで1泊して先生たちにかわいがってもらって、ママは笑顔でおかえり！　って言ってあげようよ！」

そう言われて心が救われるような気持ちになりました。

確かに……私が元気にならなくちゃ！

そこからは私も気持ちを切り替えて、使える支援は何でも使おう、と思えるようになりました。

ショートステイによって「できること」が増えた

ショートステイでは、障害児に慣れた職員たちがついてくれて、食事やシャワー、就寝の面倒を見てくれます。

自閉症の子どもには、それぞれのこだわりがあったりもしますが、何度も利用しているうちにみっちゃんのこだわりを先生たちが知ってくださり、できる限りの対応をしてくださっています。

そのため、みっちゃんにとっても少しずつ心地よい場所になっているようです。

私も、専門の先生がついてくれているので安心して休めます。常に気の抜けない子育てから一度自分をリセットして、心身をしっかり休めることができるのです。

その分、妹のこっちゃんとの二人だけのゆったりした時間を過ごしたり、パパにも優しくできたり。

何より、みっちゃんが帰ってきたときに「みっちゃん、お帰り！」と笑顔で迎え入れることができるんです。「やっぱり我が子はかわいい！」と改めて思わせてくれるのです。

思い通りにいかない毎日の子育て……**我が子を心からかわいい！　と思えることは決して当たり前ではないと私は思います。**

向き合っている時間が長いほど苦しくなることもあります。**だからこそ、こうして離れる時間の大切さを知ることができました。**

それに、ショートステイに行くと、みっちゃんのできることが増えて、成長して帰ってくることもあるのです。

たとえば、前はお風呂で自分の体を洗えなかったみっちゃん。家ではパパがいくら教えても、自分で洗おうとしませんでした。

でも、この間ショートステイに行った後、先生に聞いたら、「いや、普通に自分で洗ってましたよ。頭も体も上手にやってました」っていうじゃないですか！

親がさんざん教えてもやらなかったのに、先生の「自分で洗おうか」の一言で、すんなりやるようになるとは……（笑）。

でも、ショートステイで自分の体を洗えるようになったお子さんは他にもいるそうなので、皆、家ではつい甘えちゃうのかもしれませんね。もしショートステイに行くことがなければ、みっちゃんが自分で洗えるということに私たちはまだまだ気づけなかったと思います。

その他にも息子は洋服の着脱を自分でやるようになったり、食べられる物が増えたり。**皆がいるところでは、人の目を気にしてなるべく一人でやろうとするようです**（みっちゃんにもプライドがあるのかな）。

また、ショートステイではオモチャなど余計な物がないため、普段のこだわり行動ができません。それで、あっさりこだわりが消えて帰ってくることもありました。

もちろん、いいことばかりではないです。やはり集団での一泊、初めて会う子や先生もいます。慣れない人たちの中で緊張したのか、家に帰ってきてから泣いたり、パニックになったりすることも……。

でも、それもみっちゃんにとっては社会勉強だと思うのです。

たくさんの人と関わりを持つことで、子どもの世界も大きく広がっていきます。先生と仲良くなって遊んでもらえるのも、みっちゃんにとって嬉しいことです。

ショートステイは、私の心身が落ち着いた時期にしばらく利用をやめていたこともありますが、**みっちゃんの成長のためにもなるので、体調や精神面の状態を見ながら時々利用させてもらっています。**

また、ホームヘルパーさん（障害のある人の家に来て介護や家事をサポートする方）に来てもらってサポートしていただくこともあります。

ヘルパーさんには、お散歩や買い物に連れていっていただくことが多いです。

普段、私たちがみっちゃんを買い物に連れていくときには、どうしても早く終わらせて帰りたい気持ちが先走って焦ってしまいますが、**ヘルパーさんはじっくりみっちゃんに駄菓子を選ばせてくれるなど、普段はできないことを経験させてくれます。**

だから、たった1時間の外出でもみっちゃんにとっては特別な時間なのです。

支援を受けることは我が子を守ること

今ではこんなふうに支援をありがたく利用している我が家ですけど、みっちゃんが小さい頃は、支援を利用するのに罪悪感を覚えていたこともありました。

まだこんなに小さい子を、他人に預けていいんだろうか？

親から離すなんて、かわいそうじゃない？

他の人に迷惑をかけないかな？

そんなことが気になって、一人でできない自分を責めていた時期もありました。

でも、親だけで全部やろうとすると、潰れてしまうこともあります。

実は、親が子を心配するように、子も親を心配することがあるんですよね……。

特にみっちゃんのような敏感な子は、親の張りつめた空気から何かしら感じていると思います。

言葉はなくても普段しない問題行動が増えたり、何かしらのサインが出たりします。でも、みっちゃんのサインに気づかず、その問題行動にイライラして悪循環が生まれる……(泣)。

動画やブログで何度も言っていますが、本当にみっちゃんは私の心の鏡だな、としみじみ思います。

もしも目の前の我が子のことを素直にかわいいと思えなくなったら、それはもう、心に赤信号が灯っている状態！

せっかく支援という素晴らしい制度があるのです。**「親の心が赤信号になっちゃう前に、使えるなら使った方がいい。絶対に！」**って、あの頃の自分に伝えてあげたいです。

支援を使うということは、我が子を守ること。今ではそう考えています。

それに、ショートステイで体験することは、みっちゃんが成長していくために必要な学習です。支援を通して経験値が上がることで、自分でやれることや社会と関わることも増えていきます。**いろいろな大人と関わることは、子ども自身の成長にもつながります。**

この先みっちゃんがどのように成長していくかは、親である私たちにも正直予測はつきません。だけど、今（この本を書いている時点）は、きっとこの先も支援が必要になるのではないかと思っています。

だから、親以外の人とのコミュニケーションに、みっちゃん自身が今から慣れておくことも大切だと思うんですよね。

万が一、私たち親に何かあったときに、みっちゃん自身が少しでも困らないように。

そういうことも考えて、支援を利用させてもらっています。

みっちゃんに思春期がやってきた！

小さい頃に自我を出すことがなかったみっちゃんは、幼い頃は自分から甘えてくることがほとんどありませんでした。**それが、やっと自我が芽生えた小学校高学年からは、その**

時期を取り戻すかのように親に甘え始めました。

でも、体はもう中学生。かなり大きくなりました。

他の人が見たら「あれ?」と思うかもしれませんが、息子にしてみたら、まだまだ親に甘えたい時期。心の健全な成長だと思っています。

また、言葉でのやりとりが十分にはできないみっちゃんにとって、スキンシップはとても大事なコミュニケーションです。

ママの顔をペタペタ触ったり、ほっぺたを近づけたり。

パパとくすぐり合ったり。

そもそも、みっちゃんは小さい頃からオモチャで遊ぶより、パパやママとスキンシップを使った遊びをする方が好きでした。

中学生になった今でも、家ではくすぐり遊びや体を使った遊びをしたがります。

でも、中学生になった息子には、徐々に「恥ずかしい」っていう気持ちも出てきたようです。

小学6年生の前半までは、デイサービスでも私に「まっおっま〜♪」(↑ママのことです)と声をかけながらピッタリくっついていたのに、**6年生後半から、外やデイサービスでは私から離れるようになりました。**

「みっちゃん、こっちだよ〜」と私が呼んでも耳を塞いで聞こえないふりをしているのに、友だちに「みっちゃん、こっちに座るよ」と言われると素直に座ったり。

パパとは外でも手をつなぐけれど、ママとつなぐのは恥ずかしいようで、パパがいるときに私の手をはらったり。

中学生になってからは、ママよりパパと出かけたいっていう要望も増えています。

もうママに対しては完全に「恥ずかしいから、あっち行ってて!」状態です。

……こ、これが、あの思春期!?
みっちゃんにも、ついに!?

ママとしては嬉しいような、何だか寂しいような……。

でも、体が大きくなっているだけでなくて、みっちゃんの情緒面もしっかり育っているっていうことですよね。だから、やっぱり嬉しいママでした。

15歳の息子はまだまだ甘えたいけど……

でも一歩家の中に入れば、私の膝の上にドンと座って、私の顔をペタペタ触りまくっています。まるで**「俺のイス」（！）**と言わんばかりに、私の上にしっかり座って。

まあ、これも考えてみれば、**息子なりに家の中と外をちゃんと区別している**ということかも。そんなところも、ずいぶんお兄さんらしくなってきました。

ただ、家の中ではまだまだ甘えん坊なみっちゃんも、体はもう15歳。

どんどん大きくなっていく息子と、これから先どのように関わっていったらいいのか、親としては少々悩ましいところではあります。

自閉症の子の成長はマニュアル通りにはいきません。心の発達も、その子その子のペースがあります。

本来甘えたい時期に甘えられなかったという子は、私の周りにもたくさんいます。甘えたい頃にはもう高学年で体は大きくなっているので、周りから見ると不思議な光景かもしれませんが、**年齢に関係なく存分に甘えさせてあげることが次への成長の段階につながる**と私は思っています。

人前ではほどほどにね……という態度を見せながら、家では自分らしくあってほしいなと思います。

YouTubeでは「もう思春期のお兄さん

当時42キロあった息子。容赦なく乗っかってくるみっちゃんに、母は若干潰れそうです……。

だから、距離を保ちます」なんて、きれいごとを言っていますけど、**甘えてくるのも今のうちだと思うので、「家の中では自分らしくありのままでいてほしいな……」なんて思っている今日この頃。**

将来、どうなっていくのかはまだわかりません。

もちろん不安もあるけれど、今のこの幸せな家族の時間を、心から大事にしたいと思うのです。

第4章

超「偏食」な家族のカオスな食生活

パパの「超」偏食ヒストリー

前にみっちゃんの偏食について触れましたが、実はパパも長女のこっちゃんも「超」がつくほどの偏食で、**我が家は私以外は強度の偏食ファミリーです。**

ご家族の食に関して悩んでいる親御さんも多いと思いますので、この章では、うちの偏食事情について触れたいと思います。

まずはパパ。高校から付き合っていましたけど、**当時から筋金入りの偏食です！**

一緒に食事をすると、

- **味噌汁の具を全部残して、汁だけ飲む**
- **（同じ家に住むようになってからは）私の作ったご飯を一切食べない**

私には理解できないことばかりだったので、食べ物を巡っては喧嘩ばかりしていました。偏食という言葉も知らなかった私は、一口も食べないなんて単なるワガママで好き嫌いが多過ぎる！ と思っていたんです。

でもパパの方は、自分の家族には偏食の人が他にもいたので、**食べられないものがあるのは当たり前**だったそうです。

たとえば、一緒に住んでいたおばあちゃんはお肉を食べられないし、その息子にあたるお義父さんも野菜が苦手で食べられない。

そんな家族だったので、おばあちゃんとお義母さんの二人でお肉とお魚のおかずを両方用意するなど、**いくつか種類を作って、それぞれが食べられるものを食べるという食卓でした。**

もちろん学校では給食があって食べないと目立つので、自分に好き嫌いが多いことはわかっていたけれど、パパ自身はまったく気にならなかったとか。

学校の先生からも注意されることがなかったので、自分の食べられるものを友だちに交換してもらって生きてきた、と話していました。

今の時代ではありえないシステム……(汗)。

たしかに親や先生から怒られることがなければ、特に困ることもないですよね。

でも、一緒に暮らし始めた私は、とにかく困惑しました。

せっかくご飯を作ったのに、なんで一口も食べようとしないの?

「食べられない」って言うけど、アレルギーってわけではないんだし、少しぐらい食べてみてくれてもいいじゃない! と腹が立ってしまって。

食事が原因で揉めることが増えて、私は何も料理できなくなってしまって、昔は外食ばかりしていました。

そういえば、パパは友だちの結婚式の披露宴でも、豪華な料理に一切手をつけず、帰りにコンビニでフランクフルト(!)を買って食べたことも。

私が代わりに食べたかった……(泣)。

偏食はただのワガママかと思いきや……

でもその後、二人の子どもたちにも、**それぞれ2歳頃から偏食が出てきました。**そこで私はようやく保育園で「偏食」という言葉を教えてもらいました。

食べられない人の中には、ただの好き嫌いではなく、**どう頑張っても食べられない人もいる**ということを知ったのです。

それを機に、医師に子どもたちの食事についての相談を始め、自分でもいろいろ調べるようになりました。

また、療育現場で働いた経験や、偏食の家族と接していく中で、偏食への知識や理解を少しずつ積んでいるところです。

偏食というのは、単なる好き嫌いやワガママではなく体質の問題もあるそうです。

食感や嗅覚、知覚など感覚過敏がある人も多く、口に入れた感じや食感、臭いなどに反応してしまって食べられないこともあります。

豆を口に入れると、ゴムのように感じて強い吐き気に襲われるとか、生野菜の食感が苦手、揚げ物の衣を口に入れるとチクチクして食べられないなど、人によってさまざまです。

無理をして食べると、拒絶反応を起こして吐いてしまったり、トラウマになって、食事そのものに嫌悪感を抱いてしまうことも。

偏食の人は「スーパーテイスター」かも!?

それから、偏食の人は「スーパーテイスター」の可能性もあるかもしれません。

スーパーテイスターというのは、とても味覚が鋭い人のこと。舌にある味蕾《みらい》の数が多い人だそうです。

味蕾は味覚を感じる細胞の集まりですが、赤ちゃんのときにはこの味蕾の数が多いので、酸っぱい味は腐っていると感じ、苦い味は毒だと感じて、本能的に嫌がって吐き出してしまいます。

だいたいの人は、成長とともに味蕾の数が減っていって、いろいろな味のものも食べられるようになりますが、**スーパーテイスターは成長後も味蕾の数が多く、他の人が感じない苦みや酸味などにも反応してしまって偏食になりやすいんだそうです。**

そういえば、私が以前ごぼうチップを作ったとき、私にはまったく感じられなかった苦みを他の家族が感じて、あまり食べてくれなかったことがあります。

それを思い出して、ある日、我が家で調べてみました。

スーパーテイスターかどうかを調べる実験です。

実験方法は、ネットで検索すると出てきますが、うちで試したのは、青色の食用色素を舌につけて、味蕾の数を数える方法。青く染まらないピンク色の丸い小さな突起を数えます。

ただ、我が家でははっきり確認できず、何となく「ママは少ない」「みっちゃんは多い」くらいしかわかりませんでした。

もう一つ、方法がありました。

常温の水500mlに対して砂糖3gを溶かした水と、砂糖の入っていない水を用意して目隠しをし、どちらが砂糖水か当てるという実験です。その結果……。

- **ママ……2回ともハズレ**
- **パパ……3回ともアタリ**
- **こっちゃん……1回しかしていないけど、アタリ**
- **みっちゃん……飽きて離脱**

私はどっちの水もまったく味を感じなかったけれど、**パパやこっちゃんは、「全然味が違うよ。こっちが甘い」と、はっきり甘さの違いを感じていました。**

やはり、パパとこっちゃんはスーパーテイスターの可能性が高いですね。

そして、私一人が味オンチ（?・）という結果に……（こちらの様子はYouTubeの動画で配信しています）。

スーパーテイスターの人は野菜の苦みを感じやすく、**野菜を食べられない人が多いと言います。**我が家では、まさに私以外の三人がそう。

肉の脂身の食感が苦手な人も多いそうですけど、肉が食べられるパパも、カルビは脂身があって食べられないし、こっちゃんも肉が苦手です。

ただ、偏食の人も少しずついろいろな食べ物を試していくうちに、食べられるようになるものもあるとか。

野菜を食べられなかったパパも、20代を過ぎた頃からはもやし炒めや千切りキャベツを、30代からは鍋の白菜や水菜を食べられるようになりました（ただし、調理法を変えると、まったく食べられません）。

私自身、家族の偏食には驚くことも多いけれど、「食事の時間を楽しむ」をテーマに、無理のない範囲で少しずつそれぞれが食べられるものを増やす挑戦をしているところです。

我が家の子どもたちの偏食事情

子どもたちはどんな感じかというと、息子のみっちゃんは、幼少期からクラス一番の偏食児でした。

ひどいときはチョコレートしか食べない時期もありましたけど、大きくなるにつれて、少しずつ食べられるものが増えていきました。

みっちゃんは、どちらかというと食べ物より、**食べ方に強いこだわりがあります。**

一方、娘のこっちゃんも小さい頃からクラス一番の偏食児で、みっちゃんよりひどかったかもしれません。

保育園の給食では、今日は牛乳しか飲めなかった、ご飯しか食べなかった、なんて日もありましたし、**家でもツナマヨおにぎりしか食べない時期がありました。**

実は、こっちゃんの偏食がかなり激しかったので、発達障害ではないかと疑って、みっつ

偏食家族のカオスなおやつタイム。ママがチョコレートを食べる中、皆はみそ汁をすすっています……。

ちゃんのかかりつけのクリニックで発達検査をしてもらったこともあります。

こっちゃんが3歳の頃です。結果、通常発達でした。

そこでクリニックの先生にこっちゃんの偏食について相談してみると、

「食感や匂いに敏感な子はいるよ。無理せず長い目で見守っていった方がいいよ」

と言われました。

確かに、彼女は**小さい頃から匂いにひどく敏感な子**でした。お友だちの服から香る柔軟剤の匂いを嗅ぎ分けていたこともあります。

食感や味覚にもひどく敏感で、お魚のマグロは好きだけど、その身が分厚いと食感が気になって食べられないそうです。だから、こっちゃんは買ってきたお刺身を自分でペラペラに薄く切って食べています。

こっちゃんによれば、**新しいものを食べるのはとても勇気がいること**だそうです。普通の人は何かを食べるとき、「美味しいかな？」と期待しながら口に入れますが、こっちゃんの場合は、「苦いかもしれない」「食感が気持ち悪いかもしれない」と、どうしても**恐怖や不安の方が勝ってしまう**のだとか。

そして一度食べた味はずっと覚えているので、嫌な味や食感も忘れられません。

生命の危険が迫っても食べ物を食べられない

こんな家族の偏食については長年理解に苦しんできた私だったけれど、これまで一番ショックを感じたのは、こっちゃんが年長さんのときの保育園のお泊まり会です。

その日の夕飯は、カレーライスでした。

当時のこっちゃんはカレーも肉も野菜も食べられなかったため、この夕飯も食べられませんでした。一口も食べないまま、夕飯の時間が終わってしまいます。

でも、日中は気温35度以上になる真夏の暑い日です。

心配した先生たちは、熱中症対策のために何分かおきに水を飲ませてくれたそうですけど、それでも翌朝起きると同時に、こっちゃんは吐いてしまいました。

やっぱり軽い熱中症でした。

結局、他の子たちが活動している間、こっちゃんは何も活動できず、保健室でエネルギー飲料を飲ませてもらって寝ていたそうです。

その話を聞いた私は、絶望的な気持ちになりました。


体が危険を感じている状況でも、何も食べないの!? と。


そういえば、こっちゃんが小さい頃、偏食のことを理解していなかった私が彼女の食べられないものを食卓に出していたことがありました。当時の私は、無理にでも食べさせた方が子どもの栄養になると信じていたからです。

「食べなさい」と言っても、こっちゃんは一口も食べられません。

意地の張り合いのようになったけれど、結局その日は何も食べないまま、こっちゃんは寝てしまいました。
疲れきった私は、目の前で眠る娘の寝顔を見つめて呆然としていました。**「どんなに意地を張ってても、お腹が空いたら食べるはず」という自分の常識が、我が子にまったく通用しないことに……。**

食べないと言ったら食べない娘を見ていたら、何だかこの世の終わりみたいな無力感に襲われてしまったのです。

普通に食べられる人にとって、偏食と好き嫌いの違いってわかりにくいですよね。

私の印象では、偏食の人は「好き嫌い」という言葉では言い表せないほど、食べられないものが多いです。

食べられないものより、**食べられるものの方がずっと少ないので、ほとんど毎日同じようなものを食べています。**

パパは高校1年生から3年生まで、毎日同じお弁当だったそうです。白米の上に焼き肉を載せただけのお弁当です。

本人がそれだけでいいと言うし、他の食べ物を入れても、結局いつも残して帰ってくるから、3年間それだけを作っていた、とお義母さんから聞きました。

こっちゃんも、**野菜、肉、果物はあまり食べず、食べられるものも限られます。**

だから、遠足などのときのお弁当はいつも同じ。

揚げポテト、皮をむいて串に刺した枝豆、さけるチーズ、ツナマヨおにぎり2個。

ツナマヨのおにぎりや揚げポテトは、家でもよく食べています。他に、家で主に食べているのは、ラーメンとマグロのお刺身（超薄切り）など。

こっちゃんは、芋類は好きなようで、「芋さえあれば生きていける！」とまるで名言のようによく言っています。

偏食児の給食問題、お弁当にすべきか？

でも、こっちゃんは自分の偏食を気にしていないパパと違って、**自分が食べられないこ**

とを恥ずかしく思っています。

食事を残すことに強い罪悪感があって、残すと申し訳なさそうに謝るこっちゃん。

小さい頃に私がうるさく言い過ぎちゃったせいかな……。

ただ、本人の性格からも、できることなら完食したいんだと思います。

以前、あるお蕎麦屋さんでこっちゃんがミニサイズのかけ蕎麦を完食したことがありました。

そのときのこっちゃん、とっても晴れ晴れとした顔をしていました。

本人にとっては汁まで残さず食べられたことがとても気持ちがよかったそうで、その感覚を知ってからは「完食したい」という気持ちが芽生えたようです。

だから、学校の給食では頑張って少しずつ挑戦しています。

保育園や学校の先生とも相談した結果、家では無理強いをして食べさせると、食べることそのものや食事の時間が嫌いになってしまう心配もあるため、**家ではあまり無理に食べさせず、楽しい食卓を目指しています。**

その代わり、学校の給食では一口、二口といろいろな食べ物に挑戦しています。

「今日はキュウリ食べたよ！」と嬉しそうに報告してくれることも。

「今日は、全部は無理だったけど、一口だけ我慢して食べたよ」という日もあります。そんな日は、たくさん褒めてあげます。

学校にお弁当を持参するという手もあります。

こっちゃんも食物アレルギーではないけれど、食べられなくて健康に悪影響が出るくらいならお弁当にしようと提案したら、絶対嫌と拒否されてしまいました。

やっぱり周りの目が気になってしまうのかな……。

でも、今の担任の先生は食べられないものは無理して食べなくていいという理解がある方なので、こっちゃんも気持ちが楽になり、**自分のできる範囲で少しずつ挑戦しているそうです。**

苦手な野菜も食べてくれるメニューを発見！

私もなるべく家族が栄養のあるものを食べられるように、いろいろな工夫をしています。

ありがたいことに、こっちゃんもみっちゃんも、小学校の途中からはカレーライスを食べられるようになりました。

ただし、匂いや感触にひどく敏感なこっちゃんは、特に野菜の食感が苦手なので、少しでも野菜の存在に気づいたら食べてくれません！

そこで、我が家ではスープ状にした野菜や果物をカレーに入れています。

試行錯誤の結果、完成したのは……。

ブレンダーを使って水溶性の野菜や果物をスープ状にしたものをカレーに入れて何時間も煮込み、さらに網でこしたもの。原形をとどめていないけれど、野菜のエキスたっぷりのカレーです。

みっちゃんもこっちゃんも、そのカレーを美味しそうに食べてくれました。我が家で唯

一、**野菜を投入できるカレーは欠かせないメニューです。**

ただ、その後しばらくすると、こっちゃんが野菜エキス入りカレーもあまり食べてくれなくなったので（涙）、今度はキャラ弁用の海苔やふりかけを使って、ご飯でこっちゃんの大好きなゲームのキャラクターをつくってカレーライスにしてみたら、「かわいい」と大喜び。

二人ともお代わりして完食してくれました！

久しぶりにカレーを食べたこっちゃんは「美味しかった」と言って2杯も食べてくれたんです。兄のみっちゃんは、なんと3杯……頑張ったかいがありました！

他にもお米に栄養素の入った**サプリ米**というものを混ぜたり、**栄養スープ**を飲ませたり、**子ども用のビタミン飲料**なども活用するなど、いろいろ工夫しています。

ママ、人生初の家出事件!!

それでも、私のように好き嫌いが少なく、大抵のものは食べられる人が、食べられない偏食の人を理解するのは実はかなり難しいことです。

私自身、せっかく時間をかけて作ったものを、口に入れる前から「食べられない」と拒まれる悲しさや虚しさには、いまだに慣れることができません。

また、リクエストが細か過ぎて、気持ちがついていかないことも。

以前、こっちゃんにポテトが厚いと言われたことがありました。「もっと細くしてほしい」って言われたんです、全部揚げ終わった後で。

それで私も思わず、我慢の糸がプッチンと切れて大噴火です(汗)。

「ううう、うっさーい！　もう、めんどくさ〜！！！！」

だけど、私がそこで怒っても、パパとこっちゃんはポカーン。「なんで、こんなことでママは怒るの?」って感じです。

偏食の人にとっては当たり前のリクエストなのかもしれないけれど、厚さを気にせず食べられる私は思っちゃうのです。

「それぐらい歯で噛んで……」って。

でも感覚が敏感な彼らは、食感が気持ち悪くて口に入れたくないと言います。それ以上はどんなに言い合っても平行線だし、この家では私が悪者になるだけ。

「このまま家に居たら、きっと過去一で大きな夫婦喧嘩が勃発する! もうダメだ……このままでは家族が崩壊してしまう……」

最悪な光景が頭をよぎります。結局私は泣きながら家を出て、一週間ほどホテルに泊まり気持ちを十分落ち着かせてから帰ったのでした。

実はその頃、パパが怪我をしていて数ヶ月、会社を休んでいる時期でした。朝昼晩のご飯の支度で普段より衝突することが増えていたんです。

ポテトで家出なんてバカバカしいって思われるかもしれませんが、**感じ方や刺激に対する反応の違う人が一緒に住むのって本当に大変なこと**です。

情けないけれど、私はこんなふうにブチギレることや「もうダメだ……」って深く落ち込んでしまうことが多いです。

自分の育て方に問題があるんじゃないかと悩んだときの辛い気持ちや、これまでに感じていた不安などが一気に押し寄せてきて、そんなときは涙が止まらなくなります。

けれど、この一週間という一人だけの時間は、私にとって心をリセットするいい機会になりました。

パパはパパで、それを機に今まで以上に食事作りを積極的に手伝ってくれるようになりました。いろいろあったけれど、今では以前よりも絆が深まったように思えます。

偏食は理解されない苦しさがある

こんなふうに、**偏食は親自身も常識を捨てないと対応するのが難しいし、周りに理解してもらうのも大変**です。

特に、障害のない子の偏食の場合は、周りから理解を得るのが難しいと感じます。

YouTubeもスタートして4年ほど経ちますが、最初の頃は偏食の動画をアップすると、理解されずに厳しいコメントばかりでした。

「ワガママ」「甘やかし過ぎ」などの言葉以外によくいただいたのが、「もっと栄養のあるものを食べさせた方がいいですよ」「将来、子どもが大変な思いをしますよ」などなど。

それは親である私自身が一番心配していることで、毎日どうしたら食べてくれるかを一生懸命考えています。

そして、コメントを通して「偏食」というものがこんなにも社会から理解されないものなんだと、身をもって知りました。

家族である私でさえ、長年の葛藤を経てやっと理解できてきたのだから、一般の人たちから理解を得るなんて、そんなに簡単なことではないのだと思います。

でも、世の中には子どもの偏食に悩んでいる方は多いですし、自分自身が偏食で、社会から誤解されたり、理解されずに悩んだりしている方もいます。

そんな中、我が家の偏食の実情を包み隠さずにお伝えすればするほど、「わかる」と共感してくださる方が増えてきました。特に、こんなに多いのかとびっくりするのが、

「自分も偏食だったけど、動画を見て救われました」
「こっちゃんの辛い気持ちがよくわかる!」

という切実なコメントの数々。**食べたくても食べられずに苦しんでいる人って、本当は多いんですね……。**

中には、我が家のYouTubeチャンネルを見たおかげで、自分の弟さんの偏食のことが理解できるようになった、というお手紙をくださった方もいました。

こっちゃんと同い年の弟さんが偏食で、周りのご家族も怒ってばかりだったそうですが、

動画を見て偏食のことを理解し、**「弟は、弟なりに頑張ってたんだな」とわかったことで、弟さんとの関係がよくなり、家族仲もよくなったそうです。**

我が家のあからさまな日常をアップした甲斐があった、と嬉しくなりました。

強要はトラウマを植え付ける危険性あり

それにしても、初期の頃によくいただいた「もっと厳しくした方がいい」というコメント。確かに、私も昔はそう思っていました。

みっちゃんが小さい頃、偏食に無知だった私は、嫌がるみっちゃんに野菜を食べさせようとして、無理に口に入れようとしたことがあります。

でも、みっちゃんは嫌がって口から吐き出してしまいました。それどころか、**その体験がトラウマとして、みっちゃんの中に残ってしまったんです。**

その後は、私がいくら「これ美味しいから、食べてごらん」と言っても、みっちゃんは絶対に食べようとしませんでした。

みっちゃんは小学生になると、食べることに興味を持ち始めました。そして、パパの食べるものに関心を示すように。でも、私の食べるものには興味を示さないし、私がいくらみっちゃんに食べさせようとしても食べてくれないんです。

記憶力のいいみっちゃんは、小さい頃に私が無理強いしたことを覚えているのかもしれません。

嫌がることを無理に強要するとトラウマになってしまうし、**特に感覚が過敏な子に無理強いするのは、逆効果**だっていうことを後になって知りました。

それ以来、強要は絶対にしないと決めて、食事について困ったことがあったら、パパに相談しています。

自分も偏食で偏食の子の気持ちがわかるパパは、みっちゃんにもこっちゃんにも食事を無理強いすることはありません。

すると、みっちゃんはだんだんパパの食べる物に手を出すようになり、ラーメンや赤身肉、納豆ご飯など、パパが好きなものを少しずつ食べられるようになりました。

以前、医療従事者の（免許を持っている）知人からは、こう言われたことがあります。

「栄養の天敵はストレスだよ」

だから、いくらたくさん栄養を摂っても、ストレスがあるとビタミンも鉄分もカルシウムも栄養分が一瞬で消えてしまう、とその人は言います（人から強要されてストレスを感じながら食べても、結局は栄養にならないということなのかも……？）。

よく考えてみたら、あれだけ偏食のパパもこっちゃんも、体力はバッチリ。風邪なんてほとんどひいてません。

もちろん、医療関係の方でも、それぞれの考え方があると思います。

大好物の巨大ピザを頬張るふたり。たくさん食べてくれることがこんなに嬉しいとは……。

また、子どもに厳しくして無理に食べさせることで、偏食を改善させられた方もいらっしゃるかもしれません。

ただ、我が家の場合は厳しくしたことでたくさんの失敗をしてしまいました。

なので、今は無理せず、ゆっくりでいいから、家族が食べられるものを少しでも増やしていけたらいいなと思っています。

以前は肉が大の苦手だった、こっちゃん。バーベキューのときにお肉を食べてみたら、少し食べられるようになり、その後も少しずつトライしています。

去年は焼肉屋さんでお肉を食べたら、生まれて初めて、お肉を美味しいと感じたそうです。**そのときのこっちゃんの嬉しそうな顔は忘れられません。**

そして、今では自分で自分の食事を用意しているパパを見習って、こっちゃんも自分でラーメンを作れるようになりました。

自分で食べるものは自分で用意できるようになると、お互いにすれ違いも減って楽になります。こんなふうに、我が家の偏食さんたちも、少しずつ前に進んでいます。

第5章

きょうだい児の心のケアについて考える

こっちゃん、きょうだい児のための保育園に通う

最近は**「きょうだい児（障害のある兄弟姉妹がいる子）」**という言葉がメディアに出ることが増えてきました。でも、きょうだい児にもケアが必要という考え方は、まだそれほど一般には浸透していないようです。

きょうだい児は、他の人にはわからない心の葛藤を抱えていることが多いと言われています。

親としては子どもたちに平等に愛情を注いでいていても、どうしても障害のある子の世話にかかりきりになり、他の子に寂しい思いをさせてしまうこともあると思います。結果的にきょうだい児に気を遣わせたり、ストレスを与えてしまったり。

もちろん全員がそうというわけではなくて、家庭の数だけ、それぞれの環境や事情があります。

我が家のこっちゃんは、3歳年上の兄が児童発達支援施設に通い始めると同時に、生後8ヶ月で併設されている保育園に入園しました。

そこは、きょうだい児たちも通う保育園でした。

最初は、一般の保育園に通わせるつもりでしたけど、施設の先生たちに「同じ方針で育てないと、きょうだい間が離れて大変ですよ」と助言されたんです。それで、その保育園に入園させたのですが、結果的にはとてもよかったと思っています。

保育園でのケアももちろんですが、その他にも入園してよかったなと思うことがありました。

それは、こっちゃんに他のきょうだい児とのつながりができたこと。

やっぱりきょうだい児には、きょうだい児にしかわからない葛藤や辛さなどがあると思います。

そんなときに共感できる仲間がいると、少しは違ってくるはずです。

私自身、子育てサロンや一般の保育園で孤独を感じていましたが、**施設で同じような環境のお母さんと出会った瞬間に強く共感して、救われた気持ちになりました。**

こっちゃんにもいずれそんな時期が来るかもしれないけれど、そんなときに同じような環境のきょうだい児が近くにいれば、心強いのではないかと思います。

実際、この保育園のおかげできょうだい児の仲間ができて、今もいいつながりを持っています。

障害のある兄を自然と受け入れる妹

そんな環境だったので、こっちゃんは小さいときから周りに障害のある子がいるのが当たり前の生活でした。

だから、障害のある兄に対しても、そのままの姿を受け入れているみたいです。

我が家では、こっちゃんが3歳くらいから兄の障害のことも伝えていました。

「みっちゃんは自閉症っていう障害で、人よりゆっくり成長するんだよ」と。

こっちゃんは小さいながらも、それを何となく理解していたようです。障害をしっかり把握していたわけではないけれど、他の人と違うことはわかっていました。

さらに保育園でも障害のある子たちとも関わる時間があったので、困っている子がいたら助けてあげたり手伝ってあげることが自然と身についていきました。

もちろん、兄のこともです。

あれは、こっちゃんがまだ5歳くらいの頃です。

みっちゃんと一緒に公園へ行ったとき、当時ブランコが大好きだったみっちゃんがブランコからなかなか降りようとしませんでした。

横のブランコに乗っていたこっちゃんは、ブランコに並んでいる子がいるのを見ると、自分がさっとブランコから降りて、「乗ってもいいよ」と

時々こっちゃんは家族に
お菓子を作ってくれます。

並んでいる子に譲り、みっちゃんには、「みっちゃんはまだ乗ってていいよ」と言うのです。

私はこっちゃんの優しさに驚き、温かい気持ちになりました。


その後、夕方になって辺りが暗くなってきたので、私は二人を連れて帰ろうとします。でも、みっちゃんはブランコを降りません。ニコニコ顔で乗り続けています。

何度言っても降りなかったので、私は帰るふりをしました。

「ママ帰るからね～」と言って、小さな公園の入り口のところまで行くと、こっちゃんが不安そうな顔で私を引っ張るのです。そして、みっちゃんの方を指差して、

「みっちゃんは？　みっちゃん置いてっちゃうの!?」

と泣きそうな顔をしています。帰るふりだけだよと言っても、兄が心配な妹は動こうとしません。

こんなに小さいのに、兄を心配する優しさを持っているんだとびっくりしました。

当時の保育園では、子どもが何かをしたら褒め、とにかくいいところを見つけてあげるという方針だったので、こっちゃんも小さい頃からいろんな先生に褒めてもらっていまし

た。**私もその方針を真似て、家でもよく褒めるようにしていました。**

そうした環境があったからこそ、こっちゃん自身にも兄を思いやる心の余裕があったのかもしれません。

「ままは　こっちゃんのこと　きらいだ」メモ事件

その後もこっちゃんは、兄のことを守る優しさを見せてくれていました。

私はそんな二人の関係性を微笑ましく感じていました。

そして、それまでに先輩のお母さんたちからきょうだい児のケアが大変という話をたくさん聞いてきたけれど、「うちは大丈夫」って思い込んでいたんです。

だって、こっちゃんはこんなに優しいいし。

私たちも、二人に平等に愛情を注いでいるんだから。

そんなふうに思って、皆の話をどこか他人ごとのように聞いていました。

それが勘違いだったことに気づいたのは、こっちゃんが小学2年生のときです。

ある日、私はこっちゃんのパーカーのポケットからこんなメモを見つけました。

「ままは　こっちゃんのこと　きらいだ」

そして、その前日に私がパーカーを触ろうとすると、慌てて取り返していたこっちゃんの姿を思い出しました。

呆然としながらそれまでを振り返ってみると、いくつも思い当たる節が……。

小学校に入ったこっちゃんは、自分でできることが増えて、お友だちともよく遊びに行くようになりました。

ちょうどその頃、兄のみっちゃんはそれまで出すことのなかった自我を出すようになります。それまでのみっちゃんはまったく自分の意思を出さなかったので、どこかに行くときも、遊ぶときも、我が家では妹のこっちゃんが中心でした。

でも、兄が自我を出すようになり、小学生になった妹には手がかからなくなると、**親の目は自然と兄に向くようになります。**

それはちょうど、みっちゃんの言葉が飛躍的に増えていった時期でもありました。

私は夢中でその言葉に耳を傾け、みっちゃんが成長していく様子を慎重に見守っていました。

それと同時に、みっちゃんの自我に付き合うことで、自分でも意識していなかったけれど、余裕がなくピリピリとした空気を醸し出していたと思います。

こっちゃんは、そんな私を一番近くで見ていました。

そして私が落ち込んでいるときには、優しく「ママ、大丈夫?」と声をかけてくれました。いつも私のことを心配して、私の顔色を窺っていたんです。

それなのに、私の目はみっちゃんの方へばかり向いていた。

私はそのことに気づけませんでした。

いや、本当は薄々気づいていたけれど、どこかで「こっちゃんは大丈夫」と思って、その優しさに甘えていたんです。

こっちゃんはもともと我慢強く、嫌なことも嫌と主張することの少ない子でした。友だちも多くていつも人に囲まれているタイプなので、私はあまり心配していませんでした。**偏食ということ以外、不安になるようなことは何一つなかったんです。**

でも、やはりどこかで**こっちゃんに我慢や寂しい思いや辛い思いをさせていた。**私はそのことに気づいてあげられませんでした。

当時小学2年生だったこっちゃんには、自分の気持ちをうまく言葉にするのは難しかったと思います。

でも、あのメモには彼女の複雑な思いが詰まっていました。それを見て初めて、「本当はこんなふうに思っていたのか」と、こっちゃんの本音を知ったのです。

あのメモがなければ、私が娘の心の葛藤に気づくことはまだまだ先のことになっていたかもしれません……。

きょうだい児の感じる不公平感について

メモ事件以来、こっちゃんのことをしっかり見るよう意識をガラッと変えるようにしました。

きょうだい児が抱える問題は、親の注目が障害のある子にばかりいってしまうという寂しさだけではないと思います。**障害のある兄弟姉妹に比べて「自分だけが親に注意されている」と感じれば、やっぱり不公平感や疎外感を覚えてしまいます。**

こっちゃんは定型発達なので、年長さんや小学生になると自分でやれることがどんどん増えていきます。

一方で、みっちゃんの成長はとてもゆっくりです。だから、どこかで妹の成長が兄の成長を追い越すと、親の対応も変わってきます。

たとえばこっちゃん（当時8歳）が何か間違ったことをしてしまったときは、それがどうしていけないのか、それをするとどうなるのかを、言葉で説明して伝えることができます。

でも、みっちゃん（当時11歳）は精神発達年齢2歳。何か間違ったことをしてしまったときは、言葉で伝えるのが難しいので、その場から離したり、他のもので気を逸らすなど、対応の形が異なります。

親としては、それぞれの子どもの発達に合わせて対応を変えているわけですが、**そんな変化や対応の違いに、子どもの方が戸惑ってしまうのかもしれません。**

考えてみれば、あのメモが見つかったのはちょうど妹が兄の成長を追い越した時期でした。

こっちゃんにもやれることが増えてきたけれど、親に注意されることも多くなり、「みっちゃんはいいのに、なんで私はダメなの？」と腑に落ちない思いをしたこともあったのかもしれません。

それに、こっちゃんは普段はしっかりしていて優しいけれど、本当は、かなり甘えん坊な末っ子ちゃんでもあります。しっかりしている面もあるけれど、やはりまだまだ幼い部分もあって、家ではワガママで泣き虫で、ときに怒りん坊。

だけど、それもこっちゃんの大事な一面です。本来の豊かな感性を封じ込めて、ずっと我慢させていたら、やっぱりどこかで爆発してしまいます。

それぞれの家庭環境によって、きょうだい児のケアの仕方も変わってきますよね。**その子の性格によって対応も違ってくるので、「こうしたらいい」という単純な方法はありません。**

やっぱり子育てでは一人ひとりの子ときちんと向き合って、その子の思いをしっかりくみ取らないといけないですよね。

そういえば、フォロワーさんから、このこっちゃんのメモについてアップした動画が、どこかの大学の授業に使われていると聞いたことがあります。

きょうだい児のケアに触れた資料は、それだけ少ないのかもしれません。

寝る前の娘との大切な二人時間

そのメモを見て以来、私たちはこっちゃんと向き合う時間を意識してつくるようにしました。

たとえば、私は寝る前にこっちゃんと二人の時間をつくるようにしています。**毎晩1時間くらい、二人でちょっとした遊びをするか、お話しをしてから眠りにつくという約束を続けているのです。**

みっちゃんが寝たなと思ったら（みっちゃんの就寝時間は早いです）、私の部屋にこっちゃんが来てくれて、いろいろな話をします。

こっちゃんが小学校低学年の頃は、こっちゃんの大好きなぬいぐるみたちで、ぬいぐるみごっこ。鳥のぬいぐるみに「この子はツンデレ」とか「この子はクールで賢いキャラ」なんて設定を決めて、勝手にお話をつくって漫才のようにお喋りをさせたり。二人でケラケラ笑いながら、ふざけ合ったり。

まさかアラフォーになってからぬいぐるみ遊びの楽しさに目覚めるとは想像もしていませんでした……(汗)。

実は、この鳥のぬいぐるみ遊びがきっかけで我が家の愛鳥、セキセイインコのキオちゃんを迎え入れることになったのでした。我が家へ来て2年が経つキオちゃんは、今では末っ子ちゃん的存在で大切な家族の一員です。

そんなこともあり、こっちゃんの学年が上がるにつれて遊びの内容は変わっていきます。最近では学校の話や大好きなアニメの話で盛り上がっています。

そしてもう一つ私が心がけていることがあります。**それは必ず褒めて一日を終える、というものです。**

それは、こっちゃんとみっちゃんを寝る前に「今日上手に歯磨きできたよね」「今日歌ってたあの歌すっごい上手だった！　また聴きたいな」など、**どんなに小さなことでもいいから褒めます。**

たとえばその日がとても大変で、つらいことがあった日でも寝る前は褒めてから寝る。そういう習慣をつくりました。

毎日は無理でも気づいたときは褒めてから「おやすみ〜」です。

そうすると私も気持ちがいいし、子どもたちもまた明日も頑張ろうって活力になるかもしれないと思っています。

きょうだい児には一人っ子時間を設ける

うちでは、パパもできるだけ、こっちゃんと二人の時間を取っているようです。

休みの日の前の晩、みっちゃんが寝た後にこっちゃんと二人でマクドナルドやラーメン屋さんなどに出かけて、何かしら食べてきます。

それを聞くたび、私は「こんな時間にポテト!? 絶対太るよ?」と心の中で悲鳴をあげていますけど、まあ、二人が行きたいならいいか、と見守っています。

私の前では、いつもパパに強がっているこっちゃん。でも、マンツーマンになるとパパに対しても素直になるらしくて、学校の話やいろんな話もしているようです。**パパには口止めされているけど、実はママの愚痴（！）で盛り上がることもあると、こっちゃんが教えてくれました。内容はすべて筒抜けですが……（苦笑）**。

こっちゃんには甘く、普段もほとんど怒ったことがないパパ。こっちゃんと二人きりの時間は、ポーカーフェイス（？）なパパも、鼻の下が伸びてデレデレなご様子です（笑）。

それから、みっちゃんがショートステイに滞在しているときなどは、**こっちゃんに一日付き合う「こっちゃんデイ」をつくることもあります。**

私と一緒の日は2人でカラオケに行ったり、こっちゃ

コロナで自粛中にお家でキャンプ気分を味わうこっちゃん。

んの好きなお店で買い物をしたり、スイーツを食べたり、お家でキャンプをすることも。

そうやって、こっちゃんがやりたいことにとことん付き合うのです。


もちろん、兄のみっちゃんとも一対一の時間を取っています。

こっちゃんがお友だちの家に行っているときなどは、みっちゃんの「遊んで」アピールが全開になり、みっちゃんも一人っ子状態を楽しんでいます。

きょうだいがいても、やっぱり一人っ子のように過ごす時間は大切なんですね。


以前、ある先輩ママさんから聞いた言葉に、

「きょうだい児は、一人っ子のようにかわいがる」


というものがありました。

昔は、きょうだい児のケアまで目が行き届いていなかったため、障害児のケアに精一杯になってしまった親に不満を抱いた他の兄弟姉妹が辛い思いをしてしまい、まれに家庭崩

壊までいってしまう例もあったそうです。

だから、きょうだい児を一人っ子のように扱わないとダメだよ、と教わりました。

どうしても、日中はみっちゃんの方に時間や労力がかかってしまうので、**こっちゃんの甘えたい気持ちには、できる限り応えてあげたいと思うのです。**

ときには支援サービスや施設などの力も借りながら、そういう時間を意識してつくっていきたいと思っています。

子どもは誰でも「自分が一番！」の経験が必要

これも、みっちゃんの通う施設で先輩ママさんから聞いた話です。

そのお母さんは、当時の施設の先生にこう言われたそうです。

「子どもは〝自分が一番〟という経験をすると、他者への思いやりの気持ちが生まれる」

子どもは、「自分が一番！」と感じられる経験をすることが大事で、できるだけそういう経験をした方がいいというのです。

よく親子でゲームなどをするときに、親がわざと負けてあげるとか、子どもが勝つまで終わらないことがありますよね。

そんな小さなことでいいから、**自分が一番になる経験をしたことがあると、自己肯定感が高くなり、他の人を思いやる心の余裕が生まれる**のだそうです。

私は子ども時代にそんな経験はしていませんが、そのせいか、やっぱり今でも自己肯定感が低いし、いつも自信がないし、長年染み付いた情緒不安定はとれないまま。

だから余計に、

「私がされたくてもしてもらえなかったことを、我が子にはできる限りたくさんしてあげたい！」

と強く思うのです。**だからこそ、私は、みっちゃんとも、こっちゃんともそれぞれ一対一の時間をつくりたいと思っています。**

その時間に精一杯、「自分は大事にされている」「愛されている」って思わせてあげたいのです。

お出かけの時間でもいいし寝る前でもいいから、とにかく子どもと二人だけの時間をつくって、その時間はその子を思いっきりかわいがり、思う存分愛情を伝えます。だけど、忙しくてそれどころじゃなかったり、親自身の体調がよくなかったり、いろいろあると思います。そんなときは「ごめん、今日ママ疲れてるからちょっと休むね」と正直に伝えます。

しかし、それすらも伝えられないくらい不調のときは、つい口調がきつくなってしまうこともあります。親も人。そんな日は誰だってあるはず。

でも一言「ごめん、今日ママ疲れてて…」と伝えるだけで全然違ってくると思います。たとえ、その時にすぐ言えなかったとしても後で伝えるように心がけています。

障害児の兄を持つということ

こっちゃんには、同じきょうだい児の友だちもいますが、もちろんきょうだい児ではない友だちもいます。そんな友だちに対して、自分の兄のことをどう話しているのか聞いてみたことがあります。

自閉症である兄のことを知らない友だちには、やはり簡単に説明するそうです。

「あぁ、お兄ちゃんあんまり喋れないんだ」

の一言です。

家に友だちを連れてきたときに、兄のみっちゃんが泣いていることもあります。

そんなときも、こっちゃんは何でもないことのように「ちょっとごめんね」と言って、自分の部屋の戸を閉めます。そして、その後も友だちと楽しく遊んでいます。

また、みっちゃんは妹の友だちに興味津々で、誰かが来ると部屋に見にいくことがあります。自分が知っている友だちが来ていると、笑顔でアピールして挨拶するみっちゃん。

そんなとき、**きょうだい児ではない子は、最初はみっちゃんとどう接していいかわからなくて、やっぱり少し戸惑っています。**

でも、こっちゃんが何でもないことのように平然としているのを見ると、友だちにとってもすぐに当たり前の光景になっていくみたいです。

こっちゃんは、兄がパニックになっていても、常に平常心でいつもと変わらずに過ごしていました。

しかし、頭がかち割れそうなほどの大きな泣き声……。

本当にこっちゃんは平気なのだろうか?

私はこっちゃんの本音を聞いてみることにしました。

すると、**「みっちゃんの泣き声はドアを閉めていれば大丈夫だよ」**と言いました。

みっちゃんのパニックは、こっちゃんにとっては赤ちゃんの頃からの日常茶飯事です。パニックが落ち着くまでママやパパが対応する姿をずっと見てきているので、ただただ落ち着くのを待つだけ。そういった考えを持っているそうです。

兄妹喧嘩もほぼしたことがなく、こっちゃんはいつも友だちと遊ぶことで大忙しの生活。兄みっちゃんは学校やデイサービスが中心の生活で、高学年になってからは家でもあまり関わる時間はありません。

でもみっちゃんは、こっちゃんに声をかけられるととっても喜びます。関わる時間が少なくてもお互いにとって大切な存在であることには変わりないのかなと、そんな二人の姿を見て微笑ましく思いました。

一方で、私が毎日のみっちゃんのパニックで疲れ果てて、ポロッと弱音を吐いてしまったことがあったのですが、その時こっちゃんは優しく私にこう言いました。

「みっちゃんは悪くないよ。障害があるんだからしかたないよ」

なんだか優しい言葉にモヤモヤする心が晴れていく感覚でした。

しかし、こっちゃんはやっぱりまだまだかわいい末っ子ちゃんです。大人びた面もあれば、ワガママで甘えん坊な面もあります。時には女同士ぶつかることも……(汗)。

これからも何でも話し合えるような関係でいたいなと思っています。こっちゃんのことが大好き過ぎる母より(恥ずかしいからやめなさい……)。

第6章

ママ、自分と家族を労わるコツを模索する

自分の「取扱説明書」を作ろう

子育てをしていると、子どもに精一杯の愛情をかけるのも大事だけど、**親自身のケアも本当に大切**だなと思うことがあります。

特に障害を持つ子の場合は手がかかるので、時々きちんと休まないと、心身ともに疲弊してしまいます。

前にも書いたように、私は息子が児童発達支援施設に入所すると同時に、**親に向けたカウンセリングを受け始めました。**

子育てには親の育成環境も大きく関わってくると聞いたので、月に一回、臨床心理士さんのカウンセリングを受けることにしたんです。

まず、私の子育ての悩みを聞いてもらうことから始めたのですが、すぐに「生い立ち」という壁にぶち当たりました。そこで言われたのは、

「あなたはみっちゃんのことを見ているようで、実は見られていない」

という言葉です。

本当は、自分のことで心がいっぱいのはず。だからまずは自分の気持ちをきちんと整理し直すところから始めよう。その後で、みっちゃんと向き合おうよ、と。

確かに、それまで周りからさんざん「子どもを産んだら親のありがたみがわかる」と言われていたのですが、現実はその逆でした。

子どもにとって親の存在がどれほど大切かを知れば知るほど自分の幼少時代が思い起こされ、心が苦しくなっていったんです。

カウンセリングに通い始めた頃は、そんな気持ちがマックスの時期でした。

そしてカウンセリングで過去のことを振り返り始めると、やはり今まで押し込んでいた蓋がバーンと開いて、**トラウマが一気に押し寄せてきました。**

それに対峙するのはまさに精神力を要する闘いでもありました……。でも、そんな中で気づいたのは、自分は悪くなかったこと、要因は「環境」にあったこと、そして**自分はこれまで我慢ばかりして自分自身を押し殺してきた**ということです。

自分でも我慢をしていることに気づかず、体調を崩すことも頻繁でした。
嫌なことを認めてしまうと、もっと辛い思いをすることになる。
だから感情に蓋をして、嫌なことを見ないようにしてきたのです。
でも、そのうち自分の気持ちもわからなくなってしまいました。
自分は何が嫌で、何が嬉しいのかも考えられない。自我も持てない。
自分が何者なのか、何で生きているのかがわかりませんでした。

でも、カウンセリングを受けて1年2年……長い時間をかけて、自分の苦手なことや我慢していたことが見えてきて、少しずつ、周りに自分の気持ちを正直に言えるようになっていきました。

先生や夫、友だち、そして確執のあった自分の親に対しても、思っていることを言葉に出せるようになっていきました。

そして、だんだん**自分がどういう人間なのかが見えてきて、自分自身の「取扱説明書」を作り上げていきました。自分の怒りスイッチは何なのか。喜びスイッチは何か。一つひとつ拾い集めて自分のことを知っていくのです。**

すると不思議なことに、その頃からみっちゃんも、自分の感情を少しずつ出せるようになっていったんです。

もしかしたら、成長によって、自我が出てくる時期と重なったのかもしれません。**でも、みっちゃんを見ていると、やっぱりみっちゃんは私の心の鏡だと思うんです。**

みっちゃんと一番長く向き合っている私が元気でなければ、みっちゃんも元気を出せないし、私が素直な気持ちを出せないと、みっちゃんも自分の感情を出せないのかもしれません。

そう思うようになってからは、**私は自分が悲しいときには我慢せずに泣き、苦手なことは苦手だと認め、できないことは正直に「ごめんなさい」と断るようにしました。**

やっぱり親の態度や考え方は育児に大きく影響するので、自分の内面をしっかり見つめることが大事だと思いました。

心が元気になると体も元気になる！

カウンセリングを受け始めて2、3年経ったある日。

ふと自分の体調がよくなっていることに気づきました。

それまでは、必ず年に1～2回は胃腸炎になっていました。ひどいときは脱水状態になって点滴していたぐらいです。

また、毎年必ず扁桃炎と気管支炎を繰り返していました。

だから病院ばかりの生活で、平熱はせいぜい34～35度程度。それが、カウンセリングを始めてからは平熱が36・6度くらいに上がり、ほとんど風邪もひかなくなって、漢方胃腸薬を時々飲むくらいに。体質もガラッと変わりました。

すっかり体の中から膿を吐き出したような感覚です。いったいどれだけのものを溜め込んでいたのか……。

カウンセリングの先生によると、体と心はつながっていて、心が元気になると、体も元気になるそうです。誰もがそうなるとは限らないけれど、少なくとも私はトラウマを乗り越えたら、心が成長した分、体も丈夫になったのではないかと思います。

そして自分の内面を見つめきったことで、ようやく我が子と向き合えるようになった気がします。

もしカウンセリングを受けていなかったら、自分の内面と向き合うこともなかったはずです。私の心の時計は止まったまま……。その結果、もしかしたら、自分の親と同じようにネグレクトをしていたかも……。

結局、カウンセリングは9年続けた後に心が落ち着いたので、今はやめています。

カウンセリングは見たくない過去のトラウマと向き合う苦しい時間でもありましたが、それを乗り越えると今まで泥沼を歩いていた重い足元が一気に軽くなり、次へと進むことを楽しいとすら感じるように、心がすくすくと成長していくのがわかりました。

そしていつの間にか、私だけじゃなく周りの家族皆がよく笑う、笑顔の絶えない家になっていました。

人生って本当に不思議だなぁと思うけれど、**自分自身の心と体が元気になったら、ずっと欲しいと願っていた、温かくて明るい家庭になっていた**のです。

褒めるのは8割、注意は2割？

自分の内面と向き合うことのほかに、家族がお互いのいいところを認め合うことも大切だと思います。

私はみっちゃんの小さいときに療育施設で6年間働いて保育士資格を取ったけれど、そこでは**「褒めると、子どもの心が育つ」**と言われていました。

障害のある子は、一般には理解しにくい行動をとってしまうことが多々あります。

私自身もみっちゃんの行動を理解できず、「なぜ？　どうして？」とモヤモヤすることの連続でした。なので、自閉症や発達障害の子たちは一般の子に比べて、叱られることが多いと聞きます。

でも、施設の先生たちは、**その子のすべてを受け入れよう、という姿勢でした。**

そこでよく言われていたのが**「8割、褒める」**という言葉。

子どものいいところを見つけてたくさん褒めて、これだけは危ないとか、人の迷惑になるような最低限のことだけは注意するというのです。

私も、担当の子どもたちを一日に20〜30回くらいは必ず褒めていました。

私にとって、この「8割、褒める」の言葉は心から納得できるものでした。ネグレクトという環境で育ってきたからこそ、特に共感できたんだと思います。

なぜなら、私のことを何も知ろうとしない親に、どんなに怒鳴られたり、偉そうに説教されたりしても、まったく頭に入ってこなかったからです。親に対しては恐怖心があったので、その場では言うことを聞いても、心の中には憎悪しかありませんでした。

でも、**自分のことを知ってくれる人や認めてくれる人から言われることは、びっくりするくらいスッと心に入ってきて、素直に聞けた**んです。

誰だって、否定ばかりする人の言うことをあまり聞きたいと思えないですよね。

我が子の「褒めポイント」は親にとっての宝探し

そうしたこともあって、私は働いていた施設だけでなく、家でも常にアンテナを張って家族を褒めるようにしていました。

そのおかげで「褒めるスキル」が自然と身についてきた気がします。

褒めるって意外と慣れていない人もいると思います。でも最初は棒読みでもいいんです。何でも最初は形から！　**大事なことは、相手の悪いところでなく、いいところに注目すること。**

人の悪いところは何もしなくても目に入ってくるけれど、いいところはどうしても見逃しがちだからです。大人からすればできて当然のことかもしれないけれど、その子にしてみたら、頑張ってようやくできたことかもしれません。

また、何かができたから褒める、何か成果が出たから褒めるというよりも、「無償の褒め」を意識しています。

その子らしさがよく出ているものも、よく褒めています。

服が似合ってるねとか、その色が素敵！　とか、挨拶が元気でいいねとか、はねてる寝癖がかわいいとか、本当にささいなことも。

だから、私はいつも子どもたちの「褒めポイント」を探しています。そして何かを見つけると、とても嬉しくなります。

我が子のここがすごいな、こんなこともできるようになったんだ、とか。

この言葉は、この子の優しさの表れだな、とか。

どんな小さなことでも、「褒めポイント」は親にとっての宝物です。

また、一日の終わりの寝る前には、みっちゃんやこっちゃんそれぞれに、

「今日あんなことしてくれたよね、ありがとう」

「学校の先生がこう言ってたね。すごいね！」

など、褒めてから眠りにつくようにしています。

やってみると実感するけど、親も叱るより、褒める方がずっと気分がいいです。

子どもの悪いところに注目していると、イライラする感情がさらに燃え上がってしまうけれど、いつも子どものいいところに注目して褒めてあげると、子どもの表情がどんどん明るくなっていって、自信もついていきます。

もちろん、子どもがよくないことをしたときには、きちんと叱ります。ダメなことはダメと伝えないといけません。

毎日褒めるのもなかなか難しいことだけど、自分の気持ちに余裕があるときや気づいたときには、なるべく褒めるように意識しています。疲れて無言で寝ちゃう日ももちろんありますけどね。

そういえば、前に児童発達支援施設の園長先生が、こんなことを言っていました。

「どんなに手のかかる子も、味方が一人でもいたら大きく成長する」

一人でもいいから、その子に味方がいるのといないのとでは、**成長度合がまったく違ってくる**のだそうです。

味方というのは、いつも自分のことを見ていてくれて、いいところを見つけてくれる人、そして自分を励まして認めてくれる人。

私も、せめて家の中では我が子たちの一番の味方でいたいと思っています。

自分を大事にする＝家族を大事にする、ということ

そういえば、みっちゃんのいる児童発達支援施設でも、先生たちは子どもを褒めていたけれど、**親のこともよく褒めてくれました。**

「子どもに怒っちゃいそうになったけど、何とか我慢しました」と言うと、「お母さん偉かったね」「すごいよ」と褒めてくれて。何でもない日も「いつも頑張ってるね」「大変だよね」と労ってくれて。その一言一言が本当に嬉しかったんです。

私くらいの年代だと、昔は子どもを褒めるより厳しくする方が当たり前でしたし、大人

になったら、ますます誰かに褒めてもらう機会なんてないですよね。

でも、大人だって誰かに認められると嬉しいし、褒められれば元気が出ます。

一人でも身近に褒めてくれる人がいると、大変な毎日も乗り切れるような気がしてきます。

自分に対しても、普段から自分でよく褒めるようにしています。

「今日ちゃんと起きられた！」。私の中では、これも十分褒めポイント（笑）。

忙しかった日は、**「私、今日はよく頑張った、偉い！」**。

だからこの後はお菓子を食べて好きなアニメでも見ましょう♪　と自分へのご褒美も忘れません。

すると、そんな母を陰から見ていたのか……娘こっちゃんは、いつの間にか母をも超えるセリフをたたきつけてきました。

「今日、私は絵を３枚も描いて頑張ったよ〜。すごくない？　いや、すごい！」

「今日めっちゃ歩いて（駐車場から家まで）、私かわいそうじゃない？　今夜は

もうゆっくりしよー」

まさかの上級者がいたとは……（汗）。

こうして、一人の時ぐらいは自分のことをめちゃくちゃ労わって褒めてあげてもバチは当たらないですよね？

自分のことをちゃんと労っていると、他の人のことを見る余裕も出てきて、人に対しても優しくなれるんじゃないかなと思います。

大人も子どもも、お互いの頑張りを認め合う気持ちにつながるといいですよね。

子どもに「ごめんね」と「ありがとう」が言える母でいたい

自分を労わるという意味では、自分が間違えてしまったときは、すぐに誤りを認めることも大事だと思います。

親だって人間だから、失敗しちゃうこともあります。
私は、そんな姿も子どもに見せていいんじゃないかなと思っています。
「人間は完璧じゃない」という部分も見せておいた方が、子どもも他人へ寛容さを持ちやすくなるし、子ども自身も悩みや問題を親に話しやすくなると思うからです。
でも、間違えてもいいけど、大事なのは「間違えたら謝る」ことですよね。
以前、施設の先生がこう言っていました。

「子どもって、大人から怒られたら自分が悪いって思っちゃうものなんです。だから言い過ぎたと思ったら、ちゃんと謝りましょう」

たとえ親でも、間違えたときに謝らないと、子どもは自分が悪いと思い込んで自分を責めるようになることがあります。

一番怖いのは、本当は悪くない子どもが「自分が悪い」と思い込むうちに、その子の自己肯定感がどんどん下がっていってしまうこと。

そんなときに、親が「あなたは何も悪くないよ、ごめんね」という一言を言えるかどうかで、その後はずいぶん変わってきます。

私も以前、いろいろ抱え込み過ぎて精神的に辛くなってしまったとき、こっちゃんにキツく言い過ぎてしまったことがありました。

自分の調子がよくないと、普段はそんなに気に留めないようなことも目について、強く言い過ぎてしまいます。そのときは、しばらく距離を置いて考えた後、私はこっちゃんと二人きりになって謝りました。

最近、いろいろと心に溜まり過ぎていたこと。

口を開けばキツい言葉が出てしまいそうだったこと。

自分でもどうしたらいいかわからなくなっていたこと……。

涙とともにそれを伝え、「ごめんね」と謝ると、

「10年も一緒にいるんだから、わかるよ」

と、10歳（当時）のこっちゃんが言ってくれたのです。
その言葉に、私はまた涙が止まらなくなってしまいました。そして私は優しい言葉をくれたこっちゃんに「ありがとう」と伝えました。
実は、それを伝える動画を見た視聴者さんから、大きな反響がありました。
温かいコメントも多くてとても嬉しかったので、ほんの少し紹介させてください。

「私がお母さんと喧嘩した時の事を思い出して涙が出ました。お母さんがこんなに正直に自分の心を語ってくれて謝ってくれて、とても嬉しかったと思います」

「私も謝ろう」

「私は一人暮らしするまで母のヒステリーに耐えていました。その時にママさんみたいに『ごめんね』と言ってくれたら、私と人として対等に話し合ってくれ

たら、どれだけ救われたことか」

などなど……。

この回は、母親が10歳の娘に謝って感謝するということへの反響が大きかった動画だと思います。

特に母親が言い過ぎてしまうことって、どの家でもあるんだろうなと思います。

親が自分の間違いを認めたら、子どもに示しがつかないとか、子どもが混乱しちゃう、という意見もあるかもしれません。

そういう考え方もあるだろうなと思いつつ、**私はやっぱり親も間違えたら謝った方が、子どもは親を信頼するようになると思っています**。間違えたときにきちんと謝る親を見ていたら、子どもも自然と謝るようになるかもしれません。

親だって自分の間違いを認めることで、自分の弱さや問題に向き合えますよね。

結果的に、子どもといい信頼関係を築けるようになるし、子どもも大人も生きやすくなると思うんです。

私は子ども時代、自分の親を見ながらずっとこう思っていました。

親だっておかしいことをしてるのに、なんでそれを認めないんだろう。一言でいいのに、どうして謝ってくれないんだろう。

親が謝ったら示しがつかないなんてことはなくて、**子どもはただ大好きな親からの「言い過ぎてごめんね、大好きだよ」の一言が嬉しくて、ずっと覚えているんですよね……。**

もちろん謝ってばかりだと子どもも呆れちゃうけれど、親だってときには感情的になってしまうことや言い過ぎてしまうことがあります。

そんなときには間違いを認める勇気を持って、素直に「ごめんね」が言える大人でありたいって思うのです。そして感謝することも……。

今日もかわいい！　って思わせてくれてありがとう！　大好きだよ！

すると、みっちゃんは笑顔で去っていきます。お年頃のこっちゃんは「あ、はいどうも」と言って去っていきます。母は一人でにこにこしてジ・エンドです★

限界がくる前に一人で抱え込まずに助けを求める

「怒りが爆発しそうなときって、どうしてますか？」

コメントでそう聞かれることがあります。

いや、それ知ってたら私に教えて！　って言いたいところですけど、**私は感情的に爆発しそうになったら、とにかくその場から離れるようにしています。**

感情的になっていると、自分でどんどん怒りの火を燃え上がらせてしまうので、とにかく気持ちに余裕のないときには他の部屋に行くとか、パパに任せるなど、少し離れてクールダウンします。

特に、みっちゃんのパニックが続いていた頃は、私もいつもギリギリの精神状態でした。

そこで、パパに頼めるときは頼み、パパが仕事で忙しいときには、

「このままだと私も限界です。怒っちゃいそうだから、今一緒にいられません」

と正直に言って、みっちゃんをショートステイに入れてもらったこともありました。溜まっていくイライラで親子関係が悪化するくらいなら、誰かに助けてもらった方がいいと思うんです。

とにかく心が折れそうになったら、誰かに助けを求める。一人で抱え込まない。

「これ以上我慢してたら、感情的になって子どもを怒鳴っちゃうかもしれません」

と正直に話すことで、私は今までたくさんの支援に救われてきました。

今ではパパにもよく助けを求めていますけど、**実はパパがみっちゃんのお世話などに協力できるようになるまでには、結構時間がかかりました。**

最初のうちはなかなか慣れなかったみたいですが、少しずつお願いするうちにできることが増えていって、今はパパがいるときはみっちゃんを任せています。

やはり思春期の男の子の難しさもありますし、みっちゃんの力も強くなってきて、私だけでは対処できないことも出てきました。

特にみっちゃんが自分を傷つけないように押さえるのは私一人では難しいので、パパがいてくれると助かります。

それに、パパに愚痴を聞いてもらうだけで気持ちが落ち着くこともあります。

パパは黙って聞いているだけかもしれないけど、それでも誰かと共有することで、気持ちってずいぶん楽になるんですよね。

愚痴を吐き出す場所や、ワガママを言える場所があるって大事ですよね。

ただ、あんまりワガママを言い過ぎると離れていっちゃうかもしれないので、言い過ぎには気をつけないといけません……(汗)。

そんなママを許してくれる家族たちの優しさに支えられて、今日も幸せに生きています。

そしてこれからも、皆で一緒に大きくなっていきます。

おわりに

ここまで私たち家族の赤裸々な話を読んでいただき、ありがとうございます。

どん底から始まり紆余曲折を経ながら、またどん底に落ちたり這い上がったり。

怒ったり、泣いたり、笑ったり。

怒られたり、褒められたり。

迷惑かけたり、人を助けたり、助けてもらったり。

こんな自分が情けないって思うことも時々あるけど、これもひっくるめて自分だし、これからも自分のことを大切にしていきたいと思います。そして、人間落ちるところまで落ちたら（?・）、ちょっとした小さなことでこの上ない幸せを感じることができたりしますよね。

たとえば、道端に咲いている小さなお花を見て、あぁ綺麗でかわいいな。とか。

寒い冬にカラスが木の実を食べている姿を見て、今日も頑張って生きてるな……凄いな。とか。

いつもの休日、晴れた日に家族で海を散歩。

早朝にワンちゃんの散歩をしている人を見て、とても温かい気持ちになったり。

甘～いお菓子と熱々のお茶をいただいて、幸せを感じたり。

虹を見られて感動したり。


皆さんはどんな時、幸せを感じますか？

私は、そんなささやかな日常に幸せを感じられる感覚を大事にしたいと思います。

これからも私たち家族が一人ひとり、一緒に成長していく姿をYouTubeの動画を通して見守ってくださると嬉しいです。

2023年8月

みっちゃんとこっちゃんのママ

STAFF

装丁　藤塚尚子
カバー写真　太田隆生
編集協力　真田晴美

制作協力　Bitstar
DTP　エヴリ・シンク
校正　鷗来堂

編集　杉山 悠

Profile

● 著者

みっちゃんママ

1980年北海道生まれ。水産業を営む両親のもと3人きょうだいの末っ子として誕生するが、母からは早々に育児放棄され、親戚の家に頻繁に預けられて育つ。28歳のときに生んだ「みっちゃん」は自閉症と診断され、精神発達年齢（言語、発語）は2歳半、IQは19（15歳時点）。2019年よりYouTube「Hikari KizunaTV」を開設。自閉症の息子「みっちゃん」と偏食の娘「こっちゃん」、楽天家のパパたちとの日々を切り取った動画は多くの人から応援されている。

【YouTube】@TVHikariKizuna

● 監修者

児童精神科医・精神保健指定医・公認心理師

河合佐和（かわい さわ）

1984年三重県生まれ。藤田医科大学医学部卒。2児の女の子の母。長女は不登校となり発達障害の診断を受け、悩みながら子育てをする中で「自分と同じような子どもの発達特性や不登校に悩む親御さんの支えになりたい」という思いで2021年に塩釜口こころクリニックを開院。開院直後から予約が殺到し、これまで延べ2万人以上の診察に携わってきた。講演会、YouTube、Instagramなどで親御さんやお子様のケアについての情報を発信中。

【塩釜口こころクリニック】https://shiogamakokoro.com/

● 監修者

桜北町第一保育園　園長

石橋秀人

1979年大阪府生まれ。特別支援枠を設けず、定型発達の子とともに発達障害の子も一緒に育てていく珍しいスタイルをとる保育園としても有名で、入園依頼が殺到中。季節の行事も多く「保護者と一緒に作り上げる」のがモットー。自身も2児のパパ。桜北町第一保育園のほかグループ保育園として、桜北町第二保育園、桜北町第五保育園、みのはら桜保育園は株式会社T·Hコーポレーションが、桜北町第三保育園、ぽぷらの里 高槻保育園、ぽぷらの里 富田保育園は株式会社BEITが運営中。

【桜北町第一保育園】http://th-sakura1.com/

2《に》歳《さい》半《はん》のみっちゃんがくれたもの

ネグレクトされた母親《ははおや》が重度《じゅうど》知《ち》的障害《てきしょうがい》・自《じ》閉症《へいしょう》の息子《むすこ》と世界一《せかいいち》明《あか》るい家庭《かてい》を築《きず》くまで

2023年8月10日　初版発行

著　者　みっちゃんママ

発行者　山下直久

発　行　株式会社KADOKAWA
〒102-8177　東京都千代田区富士見2-13-3
電話　0570-002-301(ナビダイヤル)

印刷所　図書印刷株式会社

製本所　図書印刷株式会社

● お問い合わせ
https://www.kadokawa.co.jp/ （「お問い合わせ」へお進みください）
※内容によっては、お答えできない場合があります。
※サポートは日本国内のみとさせていただきます。
※Japanese text only

定価はカバーに表示してあります。

ISBN 978-4-04-606313-7　C0095